中國語言文字研究輯刊

二三編

許學仁 主編

第3冊

生態漢語學（增訂版）
（第三冊）

李國正 著

花木蘭文化事業有限公司

國家圖書館出版品預行編目資料

生態漢語學（增訂版）（第三冊）／李國正 著 -- 初版 -- 新
北市：花木蘭文化事業有限公司，2022〔民 111〕
目 4+158 面；21×29.7 公分
（中國語言文字研究輯刊　二三編；第 3 冊）
ISBN 978-626-344-017-3（精裝）
1.CST：漢語 2.CST：語言學 3.CST：生態學
802.08　　　　　　　　　　　　　　　111010172

ISBN-978-626-344-017-3

9 786263 440173

中國語言文字研究輯刊
二三編　　第 三 冊　　　　　　ISBN：978-626-344-017-3

生態漢語學（增訂版）（第三冊）

作　　　者　李國正
主　　　編　許學仁
總 編 輯　杜潔祥
副總編輯　楊嘉樂
編輯主任　許郁翎
編　　　輯　張雅淋、潘玟靜、劉子瑄　美術編輯　陳逸婷
出　　　版　花木蘭文化事業有限公司
發 行 人　高小娟
聯絡地址　235 新北市中和區中安街七二號十三樓
　　　　　　電話：02-2923-1455／傳真：02-2923-1452
網　　　址　http://www.huamulan.tw 信箱 service@huamulans.com
印　　　刷　普羅文化出版廣告事業
初　　　版　2022 年 9 月
定　　　價　二三編 28 冊（精裝）新台幣 96,000 元

生態漢語學（增訂版）（第三冊）

李國正 著

目次

第六章　漢語的生態運動

　　地球和與地球有關的天體環境構成太陽系中的一個生態系統，這個系統孕育了人類。自從有了人類，在地球的自然系統之上便出現了社會和文化。任何人都注定是一定社會和一定文化的人，人與人之間必須交流信息相互合作，否則便不能生存。人類靠什麼來交流信息生存發展呢？通常的答案是語言。其實並不單單是語言，除了語言，人類還有交流信息的其他手段。儘管世界上至今仍然存在著沒有語言的民族，但是，幾乎所有的民族都有自己的語言，這是不爭的事實。

　　全世界有 5000 多種語言，語言的起源一直是學者們關注的問題。考察語源必須弄清人類的起源、動向及與之相關的生態環境，通常的看法人類起源於非洲，那麼，全世界的語言會不會也有同一個源頭？

　　1786 年，英國的威廉・瓊斯（Sir William Jones）爵士通過對比研究發現：意大利語、凱爾特語、日耳曼語以及波羅的語、斯拉夫語，與遠在亞洲的印度雅利安語有某種程度的相似之處，他推測這些廣泛分布在歐洲和印度的語言或許有一個共同的祖先，這種推測被稱為「印歐語系假說」。

　　1861 年，德國語言學者奧古斯特・施萊赫爾（August Schleicher）受達爾文進化論的啟發，認為語言的分化發展也類似生物的進化，他給印歐語系畫出了一棵「譜系樹」。在這棵譜系樹上，原始的「印歐語」處於最底端，是「樹幹」，這個樹幹分出兩個「樹枝」，一枝是「斯拉夫—日耳曼語支」，另一枝是「雅利安—

希臘—意大利—凱爾特語支」，這兩個「樹枝」再分別分出眾多「小樹杈」，如日耳曼語、立陶宛語、斯拉夫語、凱爾特語、意大利語、希臘語、伊朗語等等語言。儘管施萊赫爾推測描繪的「印歐語系大樹」並不完全準確，但這種方法成為不少學者考察語言脈絡的利器。他們運用譜系法去研究印歐語系之外的語言。

據研究，北至中國臺灣島，南到新西蘭，西至馬達加斯加，東達復活節島，在橫跨印度洋和太平洋的廣袤海域上，存在著一個覆蓋 2 億人口，有著 959 種語言的南島語系。儘管這個語系內部形態千差萬別，卻有著明確的同源關係。

從 19 世紀開始，學者們逐步發現，覆蓋人口最多的亞洲的語言，也像印歐語系、南島語系那樣，可以描繪出如下一棵「漢藏語系」大樹。在這棵譜系樹上，漢語、藏語、緬語有著親緣關係。

圖 6.1　漢藏語系譜系樹

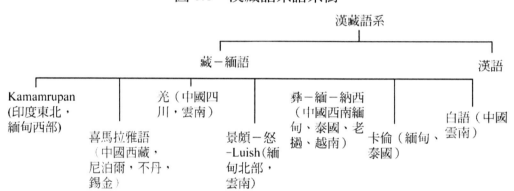

1950 年代，美國學者斯瓦迪士（Morris Swadesh）從統計學的角度分析不同語言，得出約 200 個核心詞，幾乎每種語言都包括這些核心詞，它們具有較強的穩定性。根據對比分析不同語言之間核心詞的同源關係，就能大致判斷出語言之間的親疏遠近，同時，這些核心詞的變化具有一定的速率，而分析兩種語言中核心詞的不同比率，可以推算出它們之間分化的大致時間。漢語和藏緬語之間有共同的數詞一至十，但「千」和「萬」卻並不相同。漢語在殷商時期就已經有「千」和「萬」，那麼漢語與藏緬語的分化必定早於殷商時期。

1934 年，李方桂指出，漢語不但與藏緬語，而且與苗瑤語、侗臺語也有親緣關係。1990 年，法國學者沙加爾（Laurent Sagart）指出，漢語和南島語有不少同源詞，這些同源詞存在規則的對應關係。潘悟雲還注意到，不僅漢語存在這種聯繫，在東亞這片大陸上，侗臺語就像是各種語系的交集，它既與漢藏語系有關，又與南島語系、南亞語系有密切關係。如果東亞大陸上的這些語言都

是從一種最古老的母語分化而來，那麼，這個母語的起源地究竟在哪裏？

語言系統嬗變的根本原因是出於生存目的的驅動，隨著時間與空間的推移，生態環境不斷變化，語言系統不斷地與變化著的環境交流物質、能量、信息，以維持系統與環境之間的動態平衡。為了適應新的環境，語言系統的結構和功能不能不作出合目的性的自我調整，在不同環境中解構與建構，必然產生適合不同生態環境的新的語言系統。從生態語言系統理論上說，一種母語在不同生態環境中分化發展，產生出許多千差萬別的新的語言完全勢在必然。反之，倒會令人驚詫莫名。新產生的語言系統千差萬別，是因為環境信息千變萬化，語言系統的不同特徵與環境信息的變化息息相關。語言生態環境中的人群系統直接與語言系統相互作用，而社會系統和文化系統則通過人群系統與語言系統相互作用，可見人群系統的生存狀態對語言系統的嬗變至關重要。顯然，追尋最古老的原始母語不能不關注人類起源之所在。

據考古發現，距今約 170 萬年，在東亞大陸中國雲南境內生活的元謀人已經會製造和使用工具。距今約 70～20 萬年，中國北京周口店的猿人會使用打製石器和木棒，還會使用天然火。距今約 3 萬年，生活在北京周口店的山頂洞人已掌握磨光技術，能夠人工取火。因此，有的學者認為東亞大陸的現代人是由本土直立人、智人連續進化而來，漢民族起源於東亞大陸，漢語也是本土語言。但是，現代科學通過對 DNA 的研究，東亞大陸的人群是距今 4 萬年左右由非洲遷徙而來，然後從南向北遷徙分化，最後形成東亞大陸豐富多彩的各個民族。從分子人類學角度研究的結果表明，東亞族群的祖先最初到達了東亞南部，在約 2～4 萬年前開始分化，一支自越南進入中國，並沿海岸線向北，成為百越和東夷的祖先，其中一個亞群在北部灣一帶轉而南下，成為南島語族的祖先。而另一支則自云南穿過四川一直到達黃河中上游高原，成為漢藏羌的祖先。其中一個亞群在約 8～6 千年左右向東向南擴展，成為華夏族群的祖先。而另外的一些亞群則調頭向西南擴展，成為藏緬語族的祖先。漢藏羌中的一支沿黃河下行，而東夷的一支沿黃河上行，從南方北上的部分苗瑤族群，以及從北方南下的部分阿爾泰語系的族群，不同的族群在中原地區相遇，爭奪生存空間不可避免的戰爭，以及維持生存必需的狩獵、農耕，促使不同的族群相互融合形成新的人群系統，同時也催生了新的語言系統。新生的語言系統以漢藏羌族語為根，吸收融合了苗瑤族語、阿爾泰語系族群語的各種成分，因此，把上古漢語與這些

語言進行比較研究，會發現一些相同或相似的特徵，是分子人類學研究成果在語言學上的佐證。

由於多種族群的語言特徵都能在漢語同其他語言的比較中發現，有的學者對譜系樹的發生學原理提出質疑，難道世界上所有的語言都是從一個母語像樹幹長出樹枝，樹枝又長出分枝那樣分化發展的嗎？依據生態語言學理論，例外不但可能，而且一定。由於生態環境變化的不確定性，語言系統與生態環境交流信息的多樣性，語言系統與生態環境在相互作用中演化的方向存在無限可能性，因此，產生非譜系樹語言乃是題中之義。就如世界上所有的生物並非完全整齊劃一地都按照達爾文的進化論演進一樣，生命演進過程中基因突變產生新物種，同樣是生物與環境相互作用所選擇的結果。當多個民族密切接觸，任一族群的周圍都是異族，多種語言同時同地共存，任一語言的周圍都是異語，不同人群系統的生存競爭，不同語言系統的生存競爭必然不可避免。某一民族，某一語言，除了被異族、異語同化而消亡，或者從異族、異語中吸收融化有利於自身的信息繼續生存而外，不排除多個民族的融合產生新的民族，一種語言的一部分與另一種或幾種語言的一部分構成新的語言系統。後者通常稱為「混合語」。語言是具有自組織能力的有機系統，不同的語言成份從來就是受語言功能目的的驅動整合為嚴密科學的有機整體，絕不是語言材料的疊加或混合。因此，「混合語」這個稱呼是很不科學的。

來自北方的阿爾泰語系的族群，來自南方的苗瑤語族群，來自黃河中上游的漢藏羌族群，來自黃河下游的東夷族群，在中原地區相遇逐漸融合為漢民族。古羌人建立了夏朝，假設他們使用的是原始漢藏語，東夷人滅掉夏朝，學習古羌人的語言，又吸收了苗瑤族群的語法，則殷商人使用的會不會是所謂「混合語」。1271 年忽必烈建立元朝，蒙古族入主中原，蒙古人普遍會說一種具有阿爾泰語系語法特徵卻是漢語詞彙的語言。1982 年第 1 期《民族語文》發表了陳乃雄的《五屯話初探》，該文提供的材料表明：青海五屯話 65%漢語詞，35%藏語詞和其他詞，語法基本語序與藏語同，但無藏語的曲折形態變化而依靠助詞來體現語法關係。助詞既有藏語的，也有漢語的，還有一些類似保安語的。五屯話究竟是現代漢語方言呢，還是現代藏語方言？抑或兩者都不是。五屯話是在不同於現代漢語和現代藏語的生態環境裏，多種語言相互作用所產生的新的語言系統。從生態語言系統的視角觀照，探究它的形成僅從語言內部找原因是

不夠的，應當全面考察相關的語言系統、人群系統、文化系統和社會系統所構成的生態語言系統中，各個層次、各種元素的相互作用和消長變化，尋找構成新語言系統的動因和規律。

　　漢語究竟是從漢藏語系分化出來之後吸收融合了其他語系的信息而成，還是由兩種或兩種以上的語言整合而成，這是一個尚有爭議的問題。然而僅僅停留於發生學的爭議是不夠的，僅僅侷限於語言學的研究也是遠遠不夠的，因為它的形成和發展與當時複雜的社會環境、文化環境及族群環境的互動是一個整體。如果把這一問題置於當時的生態語言系統之中來考察，那就有待於歷史學、考古學、社會學、文化學、人類學等等學科取得相當的進展才有可能。

第一節　語音的生態特徵與嬗變

　　第四章第三節討論過漢語系統的單音語素、結構段、位定與位移這三個顯著的生態特徵，但沒有對漢語系統的生態運動，構成漢語系統重要元素的生態運動，漢語系統及重要元素與不同歷史時期的自為環境系統、自在環境系統的各個層次、各個元素之間的相互作用所表現出的生態特徵，以及產生這些生態特徵的動因深入探究。由於漢語系統的生態運動發生在廣袤的空間並持續漫長的時間，涉及的信息量非常大，而這些信息絕大部分已經消失在歷史的長河中，這就給考察工作增添了極大的難度。生態漢語系統是一個處於永恆變化的自組織系統，與之密切相關的人群系統、文化系統、社會系統也在不停的變化中，要準確地瞭解這些變化，僅僅依據現有的資料遠遠不夠，這就有待於相關學科研究工作的進展與突破。因此，目前的考察工作粗疏甚至錯誤在所難免。之所以勉為其難，是想踩出一條路，以待後賢。

一、漢語音節的生態特徵與運動

　　單音節語素作為漢語最顯著的生態特徵，長期以來學術界沒有異議，不過近年來出現了上古漢語是多音節語詞為主的看法，〔註1〕本章第二節將會討論。儘管現代漢語普通話的雙音節語詞已經佔了絕對優勢，說漢語是以單音節為主的語言，反對的人也不會很多。那是因為古代書面語中，一個漢字、一個語詞、

〔註 1〕金理新著《上古漢語音系》，合肥：黃山書社，2002 年 6 月版，第 11 頁。

一個語素、一個音節，大部分能夠一一對應。現代漢語普通話的雙音節語詞，大部分是由兩個本來充當單音語詞的語素構成的，在漢語系統的語音物質層次上，音節的生態特徵決定了漢語語音結構的基本面貌。

音節作為漢語語音結構的重要元素具有二重性。一方面，作為言語成素，在社會交際活動中，音節按照天然的發音原理、人群系統的思惟導向和言語結構規則，隨機線性組合為長短不一的音群，它是語言生態運動的產物，對具體的交際過程而言，它是語言的生動實踐；另一方面，作為語言成素，它是超脫具體言語的抽象結構層，處於漢語語音結構的基礎層級，音節只有進入更高的層級，才能構成語音結構的完整格局。不同語言的音群幾乎都有自己的組合特徵，印歐語系有的語言以長串的輔音和少量元音的結合作為音群的結構成素，而現代漢語普通話和方言則以多個元音或者元音與少量輔音的結合作為音群的基本結構成素。

音群層次上音節的組合一般受到語義支配，因為特定音節與特定語義一旦形成約定俗成的捆綁關係，負載著語義的音節之間的組合就得遵守邏輯規則。由於漢語語義的表達與音節出現的位置至關緊要，因此音群層次上音節的組合通常還受到語法規則的制約。人群系統的思惟導向體現在音群層次上，就是意向規則。出於應對特殊環境的需要，音節有時會出現反語義、反邏輯、反語法的組合，這種組合往往是音節生態運動的創新試探，也是語音結構新陳代謝的動力。在言語交際過程中，人群系統不僅吸收具體交際環境中的各種信息加以甄別篩選，而且從自身與對方各自所處的不同社會環境和文化環境出發綜合考量，盡可能爭取獲得完美的交際效果。這樣看來，人群系統對音節的生態運動具有決定性的制約作用。

通常認為單音節的語詞可作為語素構成多音節的語詞，語詞又可以構成詞組或短語，進而構成語句，語句又構成篇章，這樣的劃分給語義和語法的研究提供了便利。對於漢語語音結構的生態運動而言，就是音素、音節、音群在內外生態環境的各個層次上相互作用相互協同，既保持相對穩定又不斷嬗變的過程。其中音節是漢語語音結構的核心。輔音音素與元音音素通常相互組合構成音節，音節與音節相互組合構成音群，兩個音節的組合是音群，一百萬個音節的組合仍然是音群，但是為了更好地適應交際環境，獲得更完美的交際效果，無論輔音音素或元音音素都可以無須與其他音素組合，單獨進入言語流與其他

音節組合為音群。這種獨立音素實際上具有音節的功能，可以負載語素義、語法意義，或者情感信息。作為漢語語音結構的構成元素，音節是漢語生態系統中語音結構的一個抽象層級；作為言語流中音群的構成元素，音節的嬗變就是它與內外生態環境的各種因子相互作用相互協同，不斷探尋最佳生存狀態的生態運動的表徵。

漢語音節從它產生之時起，就無時無刻不在運動變化，如果音節脫離言語流，就與其他音節和生態環境的物質、能量、信息鏈條完全斷裂，音節的生命也就停止了。生物一旦死亡不能復生，棄置千年的漢語音節只要進入言語流，就可以傳輸信息產生交際功能，起死回生。上古漢語演變成中古漢語，中古漢語演變成近代漢語直至現代漢語，語音系統、語義系統、語法系統在漫長廣袤的時空中發生了很大的變化。這些變化，歸根結蒂肇於音節的變化。音節進入言語流不可避免與內外環境的各種因子發生複雜的關係，音節內部的各個成素不能不相互作用相互協同，在千變萬化的環境中爭取生存的機會，因此，無論輔音音素或元音音素的音值還是聲調的調值，不可能不作出與交際環境最適合的選擇與調整。音值或調值的調整，為音位或調位的變異提供選擇，進而催動音系的調整與變革。音節內部無論何種成素的調整變化，都不可避免地影響到語義和情感的表達，語義與音節的關係也不得不調整變化，進而使得表達語義的規則系統也不得不調整變化。

構成音節的聲韻調三要素通常維持著相對穩定的動態平衡，一個音節一旦進入言語流，立即就會與其他音節發生關係，再加上交際實踐中人群系統、文化系統、社會系統各種環境因子的外力作用，音節內部的穩定失衡，三要素之間出現強弱變化，這就容易產生變異。一般地說，聲調比較穩定，不容易出現調值的變化，聲母較強也相對穩定，韻母較弱容易發生變化。就韻母而言，韻腹比較穩定，其次介音。在言語流中韻尾最弱，容易產生變異甚至丟失。但是言語交際環境非常複雜，在不同的時空背景下音節受到不同環境因子的作用，音節的自組織機制會選擇最有利於生存的變異，爭取最為理想的交際效果。因此，在自然、文化、社會的不同層次上，同一個音節完全可能因環境因子的不同作用而採取不同的對策，產生出人意料的音節結構形態。言語流中有的音節自由度較大，能與其他音節隨機組合，有的音節則與其他音節聯繫比較緊密，形成多種相對穩定的結構形態。這些音節結構形態在言語流中仍然與各種因子

相互作用，能夠在多種不同環境裏高頻率出現的音節結構形態，佔據了較多的生態位，顯示出較強的生命力。強化與弱化，維穩與失衡，保持與創新，解構與建構，消亡與發展是音節生態運動的永恆主題。

漢語系統的平面描寫和靜態研究工作做的不少，立體描寫和動態考察工作則相對薄弱，因之音節的生態運動對於語言系統究竟意味著什麼，至今缺乏比較全面的科學的認識。語流音變關涉到語言系統的生死存亡，而在這方面的研究工作不僅做得不夠，而且在理論與實踐上也沒有得到應有的重視。《廈門大學學報》（哲學社會科學版）2002 年第 6 期所載《論漢語方言的語流音變》一文所持的觀點，很大程度上代表了時下相當一部分學者的看法。該文的「摘要」原文如下：

> 摘要：漢語方言的變聲、變韻、變調，以及輕聲、兒化及其他小稱音變等，可統稱為語流音變。它不是純語音的聯合音變，有時是為了區別詞義和表示不同的語法意義而形成的。各種音變的形成和發展有一定的順序，一般從連讀變調開始，而後產生輕聲，進一步發展為合音（包括兒化、小稱變韻和小稱變調）。各種音變是唐宋以來多音詞大量產生後發生的，是自北向南擴展的，現代方言中是北方變得多，南方變得少。

的確，語流音變不都是「純語音的聯合音變」，更不是侷限於語言系統內部僅僅「為了區別詞義和表示不同的語法意義而形成的」。語流音變本質上就是音素、音節、音群為了生存和發展不得不進行的生態運動，這種運動從語言產生伊始就存在，一直伴隨到語言的消亡。而語言從產生之時起，就不能不與它所在的自然環境、社會環境、文化環境的各種因子相互作用相互協同。語言系統內部元素的強弱消長固然會促使音節結構形態產生變化，語言系統所在的生態環境各種因子的複雜作用，更是引發和推動音節結構形態產生變化的原因，所謂「為了區別詞義和表示不同的語法意義」並非發生語流音變的原因，而是語言系統為了生存採取的手段。音素、音節的強化固然為了語言系統的生存，音素、音節的弱化甚至丟失，犧牲了自己而使音群的功能增強，同樣是為了語言系統的生存。考察通常所謂的自然音變、詞義音變、語法音變、語素音變以及由於語流中音節弱化而形成的輕聲、兒化、小稱等等，相當一部分學者只著眼於語言系統內部元素的相互作用，而對生態環境中人群系統、文化系統和社會

系統各種因子對語流音變產生的影響，至今仍置若罔聞熟視無睹，未能引起足夠重視。

　　語流音變從語言產生伊始就存在，並非「是唐宋以來多音詞大量產生後發生的」。如果唐宋以前沒有語流音變，唐以前的古籍中一字多音的現象從何而來？有人會說那是歷史上不同階段的讀音。即便是歷史讀音，如果沒有語流音變，一種讀音從上古到唐宋應該沒有任何改變，怎會冒出幾種讀音？「多音詞大量產生」之後固然存在語流音變，上古單音節語詞佔優勢仍然存在語流音變，無論音節的多少，也無論時間與空間，只要語言元素出現在言語流中，就一定會發生語流音變。實際上，「唐宋以來多音詞大量產生」，正是唐宋以前漢語的音素、音節、音群不斷進行生態運動的結果。

　　「前人沒有為我們留下語流音變的直接紀錄，近些年來學者們做了一些探索，但是由於古籍裏漢字不標音，也很難拿出確證。」〔註2〕這種說法顯然與事實不符。殷墟卜辭同一字在不同語流中出現的語境不一樣，與這一字所對應的音節在不同的語流中就具有不同的讀音。試看徐中舒主編《甲骨文字典》第47頁對「每」的解釋：

1. 同母。「戊申卜其烄三每」（《存》二‧七四四）

2. 讀為悔。「隸於之若王弗每」（《粹》一一九五）

3. 讀為晦。「……至……弗每不雨」（《甲》六四一）

再看第1300頁對「女」的解釋：

1. 男女之女。「甲申卜……婦好挽娩王⊟曰其隹丁挽娩其隹庚挽娩弘吉三旬有一日甲寅挽不娩隹女」（《乙》七七三一）

2. 讀為父母之母。「隹女庚蚩子安」（《合》九四）

3. 讀為母，殷先王之配偶。「乙巳卜侑大乙女姒丙一牝不」（《通新》三）

4. 讀為母，東母，神祇名。「己酉卜㲉貞寮於東女九牛」（《續》一‧五三‧二）

5. 讀為毋，不也。「庚申卜王貞女（毋）又於祖辛於女（母）辛」（《戩》七‧八）

6. 通每，讀如悔。「弜於ロ王其女」（《金》三七六）

〔註2〕李如龍《論漢語方言的語流音變》，《廈門大學學報》（哲學社會科學版），2002年第6期，第48頁。

7. 婦女，人名。「其祝在女」（《寧》一·二二八）

第五項同一語流中「女」有「毋」、「母」兩讀，同一「女」字對應的兩個音節分別改變讀音以適應語境的不同語義需要，明顯不是自然音變，而是社會因子、文化因子通過人群系統實現的有明確目的的音變，音變使「女」對應的音節數量增多，從而佔據了更多的生態位，顯示了較強的造詞能力。

鄒曉麗等人據徐中舒主編的《甲骨文字典》找出在不同語流中有不同讀音的音節 20 個。﹝註 3﹞如果依據《甲骨文合集》搜索，當有更多發現。同一音節在靜態條件下音值絕不可能發生改變，只有在語流中與其他音節和生態環境的各種因子相互作用相互協同，才會出現多音的幾率。有的音節對應的漢字不止一個，如卜辭中「風」、「鳳」對應同一音節，「大」、「太」也對應同一音節，但在春秋時期的《詩經》音系中，「風」、「鳳」分別讀幫母和並母，「大」、「太」分別讀定母和透母。商代晚期的同音字到春秋時期「鳳」弱化為濁聲母，「太」強化為送氣清塞音，如果沒有語流音變，能夠產生這樣的語音分化嗎？

上古漢語雖然以單音節為主，但已出現聯綿詞。聯綿詞的成因有多種，其中語流音變是重要渠道。語速的快慢能引發音節的合併與分化，例如：不律——筆、孛纜——風、突郎——螳、壺盧——瓠、窟窿——孔、囫圇——渾、狻猊——獅、髑髏——頭、令丁——鈴、污邪——竆、離樓——婁、扶搖——飆、蒺藜——茨、終葵——椎、曲連——圈、胡闌——環，等等。有人認為單音節變為雙音節是上古複輔音分化的結果，即令如此，複輔音如果不進入言語流，沒有各種環境因子的影響，能夠分化為兩個音節嗎？雙音節快讀合併為一個音節，那與複輔音無關，完全是語流中音節之間，音節與各種環境因子之間相互作用相互協同的結果。

有的聯綿詞確實是上古複輔音分化而來，例如：

1. 《詩·王風·中谷有蓷》：「中谷有蓷，暵其乾矣。有女仳離，嘅其嘆矣。嘅其嘆矣，遇人之艱難矣！」

2. 《爾雅·釋草》：「蕍、芛、葟，華榮。」晉郭璞注：「蕍猶敷蕍，亦華之貌。」

3. 宋玉《風賦》：「被麗披離，沖孔動楗，眴煥粲爛，離散轉移。」

﹝註 3﹞鄒曉麗、李彤、馮麗萍著《甲骨文字學述要》，長沙：嶽麓書社，1999 年 9 月版，第 84 頁。

4.《漢書・禮樂志》:「冣與萬物」唐顏師古注:「冣,古敷字。敷與,言開
　舒也。」

5.《廣韻・曷韻》:「攦,撥攦,手披也。」

以上各例的「仳離」、「敷蕍」、「被麗」、「披離」、「冣與」、「撥攦」都與語
義核心為「分離」的兩個音節對應,其聲母分化的格局為 [pl] ——→ [p- / l-]。
親屬語言對應的語音形態:〔註4〕

藏語:[nbral—ba](被分開)、[hphro](分散)

緬語:[pra](分成幾部)

巴興語:[bra](分散)

克欽語:[bra](分散)

卡瑙里語:[bra](路的分叉,鋪展)

景頗語:[bra](分散)

羌語:[dapala](解散)

苗語:[phlua](分開)、[pha5](劈破)

瑤語:[phla2](扒拉,散開)、[pha5](劈破)

剝隘壯語:[pa3](分破)

榕江侗語:[rha5](分;破)

泰語:[pha5](分破)

水語:[pha5](分;破)

現代漢語晉中方言詞例:跋踉 [paʔ˧ la˧](叉開腿)、跋躐 [paʔ˧ la˧]
(妨礙);薄臘 [pəʔ˧ laʔ˧](撥往一邊)、薄撈 [pəʔ˧ ˍlau](把堆放的顆粒分
散開)。

除了複輔音的分化,言語流中環境因子與音節的互動而產生的變化,既可
使音節之間的關係變得緊密而形成相對穩定的結構段,又可引起音節內部各個
因素的強弱消長,消解與重建音節之間的結構關係。這樣,與環境不能協調的
語言成素不斷衰退消亡,佔有生態位愈多,功能級愈強的語言成素不斷興盛,
語言系統的生命力就愈強。

由於運用語言的人群系統在發音時不可能對所有的語言成素一成不變,總

〔註4〕董為光《漢語「異聲聯綿詞」初探》,《語言研究》,1986年第2期,第163～174頁。

會有輕重緩急長短快慢的變化，這些變化有時是不經意的，有時是刻意的。無論有意無意都會引起語言成素生存形態和結構關係的變化，人群系統利用語言成素的這些變化，或創造新的結構段，或區別語義，或標識語法，或承載情感。《春秋公羊傳·莊公二十八年》：「伐者為客，見伐者為主。」何休注：「伐人者為客，讀伐長言之……見伐者為主，讀伐短言之。皆齊人語也。」齊國人對言語流中處於不同位置的相同音節，發音有長短之分顯然是刻意為之。一為強調「主」與「客」的語義不同，二為顯示主動與被動的語法差異。有人認為這是聲調的差別，無論是音節長短還是聲調變異，誰也不能否認唐宋以前確鑿存在語流音變的事實。

　　兩個相同音節在語流中連續出現，或重或輕，很難做到發音時聲韻用力均衡，儘管並非刻意而為，由於音節內部和音節之間語言成素的生態運動，語流音變勢所難免。試看《詩經》的用例：

　　1.《豳風·七月》：「一之日觱發，二之日栗烈。」

　　2.《小雅·蓼莪》：「南山烈烈，飄風發發。」

　　3.《小雅·四月》：「冬日烈烈，飄風發發。」

　　4.《小雅·采菽》：「樂只君子，萬福攸同。平平左右，亦是率從。」

　　鄭玄箋：「烈烈，猶栗烈也。」程俊英《詩經譯注》第 415 頁：「烈烈，魯《詩》作栗栗，亦作栗烈。」《經典釋文·毛詩音義·豳·七月》「栗烈」條下云：「並如字，栗烈，寒氣也。《說文》作飀飅。」《說文》徐鉉注：「飀，力質切；飅，良薛切。」栗、飀，質部來母字；烈、飅，曷部來母字。黃典誠先生上古曷部字擬音為*ait，上古質部字擬音為*εit。〔註5〕

　　語義相同的雙音節結構段對應的書面字形不一樣，反映了不同方域的人群發音上存在的差異。書面字形的不同，體現了實際語音的微妙變化。雙聲聯綿詞「栗烈」的來源，有這樣兩種可能：讀「栗栗」，在連續的語流中發第二個音節力度相對減弱，韻母主元音變鬆，音值由*εit 變為*ait，為適應語音的實際變化，與音節對應的字形就寫作「栗烈」；讀「烈烈」，語流中比較著力於第一個音節，其韻母主元音逐漸高化，音值由*ait 變為*εit，為照顧實際讀音，與音節對應的字形也就寫作「栗烈」。至於《說文》寫作「飀飅」，那是在書面形式上強調語義類型所造成的結果。

〔註5〕黃典誠著《漢語語音史》，廈門大學 1981 年 2 月油印本，第 10 頁。

　　《春秋左傳·襄公十一年》引《詩》曰：「樂只君子，殿天子之邦。樂只君子，福祿攸同。便蕃左右，亦是帥從。」《經典釋文·毛詩音義·小雅·采菽》「平平」條下云：「韓詩作便便，云閑雅之貌。」可見《采菽》詩裏「左右」前面的兩個音節在書面上有「平平、便便、便蕃」三種字形與之對應。「平」與「便」春秋時期聲母和聲調相同，「平」屬青部，「便」屬寒部，韻母不同，這與運用詩句者的發音習慣有關。毛亨是魯地人，韓嬰是燕地人，「平平」與「便便」兩種不同讀音體現了相同音節在不同地域方言中的差異。但《左傳》的作者左丘明與漢朝人毛亨同是魯地人，為什麼《左傳》引《詩》與毛《詩》不同呢？是否存在兩種可能：一是毛亨據歷史資料傳抄，而《左傳》是散文體裁，更接近口語，口語裏「平平」的讀音在當時已發生了強弱不同的變化，左丘明根據實際讀音改變了與音節對應的字形；另一種可能是毛亨按漢代魯地的讀音將「便蕃」改寫成「平平」，這種可能性極小，因為古人對於經典不會擅自改動，何況韓《詩》也作疊音形式。比較可信的解釋是：疊音形式在語流中由於發音的強弱不同引起音節之間和音節內部音素的改變，與之對應的字形為反映實際音值做了調整。

　　言語流中不僅自在環境的各種因子對音節的生態運動產生影響，自為環境即人群系統的思惟導向也是語流音變的動因，如「語素音變」就體現了人群系統的主觀意志。「語素音變」不同於「四聲別義」，所謂「四聲別義」已經形成了區別語義的穩定格局，而「語素音變」只是語流音變的一種生態形式，在言語流中產生的聲調只在特定語境中才具有區別語義的功能，它的壽命長短還有待言語實踐和時間的考驗，遠未形成穩定的格局。《方言》2007 年第 2 期所載范新幹《湖北通山方言的語素變調》一文提供的材料，說明「語素音變」在言語流中並非只是辨義，它還兼具其他功能：

　　1. 通山方言語素變調與原調表示的語義相關或相似，其中有的有詞性變化。例如：

　　爹 A 原調 $[ti^{23}]$，（1）稱祖父：阿爹。（2）稱祖父同輩且年齡相若的男性：大爹（伯祖父）／細爹（祖父之季弟）／老張爹。爹 B 變調 $[ti^{35}]$，稱輩分與祖父相同而年齡小得較多的男性：細爹（祖父之季弟）／阿水爹。

　　扭 A 原調 $[ȵiu^{42}]$，（1）掉轉方向：扭過身子。（2）擰：把樹椏扭斷了。（3）扭傷（筋骨）：扭了腰。（4）揪住：結扭打架。扭 B 變調 $[ȵiu^{35}]$，（1）身體左

右擺動：走得屁股扭起來。／扭秧。（2）慢慢走路：扭到麼時候。／扭了幾個鐘頭才扭到屋裏。

清 A 原調［ts'iã²³］，形容詞，（1）液體透明純淨：水蠻清。（2）（糊狀物）含水量大（與「稠」相對）：清粥／清泥糊。清 B 變調［ts'iã³⁵］，動詞，把初步洗過的東西再放進清水中洗乾淨：到河裏去清衣。／再打點水把碗清一下。

2. 語素變調與原調表示的語義有輕重之別。例如：

一點 A 原調［i?⁵ti⁴²］——一點 B 變調［i?⁵ti³⁵］都表示極小的形體或極少的數量。前者語義程度較輕，後者較重：彼個教室只一點 A 大，果個教室更小，只一點 B 大。／我喝了一點 A 酒，你喝得更少，只喝了一點 B 酒。「一點 A 點 A」與「一點 B 點 B」也是前者輕後者重。

悶 A 原調［mɛn²¹］——悶 B 變調［mɛn³⁵］都表示不說話，不張揚。前者語義程度較輕，後者較重。「悶 A 到做事」和「悶 B 到做事」；「悶 A 頭悶 A 腦」和「悶 B 頭悶 B 腦」，後者語義程度重於前者。

3. 語素變調與原調所表示的語義，在適用對象或範圍方面有所不同。

挽 A 原調［vã⁴²］——挽 B 變調［vã³⁵］都有彎臂勾住之義，但二者的適用對象不同。前者適用於有關物體：用手胳把籃係挽 A 到。／雙手挽 A 到板車車手著勁拉。後者適用於人體：用手胳把其個腰挽 B 到。／兩個人挽 B 到跳舞。

聾 A 原調［laŋ²¹］子——聾 B 變調［laŋ³⁵］子，二者都指耳聾的人。前者用於泛指：來了一個聾 A 子；後者用於專指，常用於姓氏後。如：王聾 B 子。

4. 語素變調與原調之別，在於後者帶有某種感情色彩。

拉 A 原調［lɔ²³］——拉 B 變調［lɔ³⁵］，在「閒談」義方面，拉 A 無褒貶色彩：拉 A 了幾句家常。拉 B 則帶有輕蔑色彩：沒油沒鹽的話，王大發一拉 B 就是半天。

繃 A 原調［paŋ²³］——繃 B 變調［paŋ³⁵］都可用在「硬、脆」之類形容詞前，表示程度深。繃 A 無褒貶色彩：飯繃 A 硬個的。／麻花繃 A 脆個的。繃 B 則帶有感情色彩：飯繃 B 硬個的（帶有不喜歡的情緒）。／麻花繃 B 脆個的（帶喜歡情緒）。

語流音變為語言進化提供隨機選擇幾率，言語流中的任何音變都有可能是語言系統維持生存，佔據更多生態位發展創新的機會。瀘州方言在任何言語流中，都可以在每個音節前面增加一個沒有任何語義的音節。例如，「我們的朋友

遍天下」［ŋo^{42} men^{21} ti^{33} p‘oŋ^{21} iou^{42} p‘ian^{13} t‘ian^{44} ɕia^{13}］可以這樣說：［no^{42}ŋo^{42} nen^{21}men^{21} ni^{33}ti^{33} noŋ^{21}p‘oŋ^{21} nou^{42}iou^{42} nan^{13}p‘ian^{13} nan^{44}t‘ian^{44} na^{13}ɕia^{13}］。規律很明顯，那就是前加音節的聲母為［n］，且與原有音節的聲調、韻母主要元音以及韻尾保持一致。古代漢語裏有的聯綿詞就是在原有音節前邊加上一個無語義的音節而成，例如：慷慨、黽勉、斯須、僚僳。還可以在原有音節後邊加上一個無語義的音節，例如：頹唐、恣睢、螻蛄、闌珊。李春豔《漢賦聯綿詞研究》（南開大學學位論文 2010.10）也發現前加無語義音節的聯綿詞，如：蠛蠓、沕穆、踸踔、猶豫、戉削、瞟眇、葳蕤；後續一個無語義音節的聯綿詞，如：紛紜、鴻洞、磊落、磊砢、岑崟、的皪、連翩。

言語流中漢語音節發音的輕重與情緒有關，通常不會與語義發生關係，但是，一旦語言系統的結構以及生態環境發生變異，發音的輕重也不失為語言進化的試探途徑。《民族語文》2002 年第 1 期所載海峰的《東干語概況》一文指出：東干語有平聲 24、上聲 41、去聲 44 三個調類。由於東干語有大量的俄語借詞，俄語沒有聲調但每個結構段必有重音的特徵對東干語產生影響，漢語裏本來不區別語義的重音，在東干語裏重音落在不同的音節上能表示不同的人名。如：ŭucáp 與ŭúcap；ŭucmáp 與ŭúcmap 分別表示不同的男性名字。

從卜辭到漢賦，漢語音節在言語流中的生態運動形式多樣，異彩紛呈。俞敏先生的《古漢語裏面的連音變讀（sandhi）現象》首次將梵漢對音材料用於古代漢語語流音變問題的研究，施向東《梵漢對音與古漢語的語流音變問題》（《複印報刊資料》（語言文字學）2003 年第 1 期）從梵漢對音歸納出古代漢語語流音變的五種生態運動形式：

（一）同　化

梵文 kalpa，巴利文作 kappa，譯作「劫」或「劫波」、「劫簸」、「劫跛」，「劫」字收［-p］，可見［-l-］受到後邊［-p］的逆同化；東印度 Tāmraliptī 國，譯作「躭摩栗底國」，「栗」字是收［-t］的入聲字，可見［-p-］受了後面［-t］的同化。《慧苑音義》說：「劫，梵言。具正云羯臘波。此翻為長時。」慧苑認為 kalpa 的第一音節在梵語中正確讀音還是應當收舌尖音的，那麼讀成收唇音的「劫」，應該是漢語連音變讀的結果了。漢語語流音變的軌跡隨處可見，如「邯鄲」連讀，「邯」字音寒，胡安切，收舌音［-n］。可是「邯」字以「甘」字為聲符，單念時音酣，胡甘切，收唇音［-m］。顯然，讀胡安切是「鄲」字

聲母［t］逆同化的結果。《孟子・滕文公》引《尚書》曰：「若藥不瞑眩，厥疾不瘳。」「瞑」字從「冥」聲，古音收［-ŋ］，而「瞑眩」連讀，「瞑」字《經典釋文》音「莫遍反」，《一切經音義》音「眠遍反」，都與後字「眩」疊韻，收［-n］。毫無疑問，這是前字韻尾受後字韻尾［-n］逆同化所致。

（二）異　化

在梵漢對音中，如果梵語中一個輔音群包含有兩個同樣的輔音或發音部位相同的輔音，則前邊的那個輔音在漢譯形式中常常表現出被異化的跡象。佛教術語 anuttara，譯作「阿耨多羅」，「耨」字有去聲、入聲兩讀，《廣韻》去聲候韻「奴豆切，耨」，是「搙（薅器名）」的異體字，而入聲沃韻：「內沃切，耨，釋典云：阿耨。」這表明，「阿耨多羅」的「耨」應讀入聲，收［-k］，但卻與梵文音節 nut 對應，這是受到後邊那個 t 異化的結果。菩提樹一名 pippala，鳩摩羅什譯作「必缽羅」，玄奘譯作「畢缽羅」、「蓽缽羅」、「蓽茇羅」，「必、畢、蓽」都是質韻字，收［-t］，卻對應 pip 音節，顯然是受後面 p 的異化。漢語中本有收［-p］的入聲字，即「緝韻」字。緝韻唇音聲母字固然少，但「鵖、皀」兩字（《廣韻》彼及切）對 pip 尚為貼切，釋家為了譯音準確自來不惜用生僻字，而這裡不用，那只能理解為語音的異化了。

施向東指出，同化與異化可能反覆交替出現於某個語詞的發展歷史中。《莊子・逍遙遊》中有鳥名「學鳩」，「學」或作「鷽」，「學鳩」、「鷽鳩」兩音節之間是輔音［-kk-］，可是《經典釋文》引崔譔注：「鷽，讀為滑。滑鳩，一名滑雕。」「滑鳩」兩音節之間的輔音是［-tk-］，是異化的形式；「滑雕」兩音節之間輔音為［-tt-］，前音節的韻尾同化了後音節的聲母，與後音節對應的漢字也就改寫為「雕」。類似的情況亦見《爾雅》和《方言》。《爾雅・釋鳥》：「鶌鳩，鶻鵃。」前者兩音節之間的輔音是［-tk-］，後者兩音節之間的輔音是［-tt-］，是順同化的形式。此鳥《方言》卷八亦作「鶏鳩、鶻鳩」。「鶻鳩」與「鶌鳩」字異音同，「鶏鳩」兩音節之間的輔音是［-kk-］，是逆同化的形式。

（三）增　音

梵漢對音普遍存在增加輔音或增加音節現象。施向東指出，在古代漢語中同樣存在這樣的語流音變。上古漢語帶有複輔音的單音節，在語流中由於增加元音或帶元音的音綴而變為雙音節，複輔音消失後，雙音節語詞保留下來，與

原來的單音節語詞成為同源的同義詞。如《史記‧汲鄭列傳》：「愚民安知市買長安中物而文吏繩以為闌出財物於邊關乎？」裴駰《集解》：「應劭曰：『闌，妄也。律，胡市，吏民不得持兵器出關。雖於京師市買，其法一也。』瓚曰：『無符傳出入為闌。』」《漢書‧成帝紀》「闌入尚方掖門」顏師古注引應劭曰：「無符籍妄入宮曰闌」。《史記‧匈奴列傳》「漢使馬邑下人聶翁壹奸蘭出物與匈奴交」裴駰《集解》：「奸音幹，幹蘭，犯禁私出物也」；《漢書‧匈奴傳上》：「漢使馬邑人聶翁壹間闌出物與匈奴交易。」顏師古注引孟康曰：「私出塞交易。」「奸蘭」、「間闌」與「闌」顯然是同源的同義詞。「闌」從「柬」聲，上古有〔kl〕複輔音，兩個輔音之間增加了原音節的韻母，從而成為疊韻的雙音節聯綿詞。「蘆」與「芄蘭」，「斑」與「斑斕」，「瓜」與「瓜瓟」，「乖」與「乖剌」，「駁」與「駁犖」，「卓」與「卓犖」，「暴」與「暴樂」，都是古代漢語語流中增加音節形成的雙音節結構段。

（四）減　音

譯經減音的現象令人懷疑早期譯經的底本不是梵文經典，俞敏先生在《後漢三國梵漢對音譜》中已經澄清了這個問題，減音現象主要反映了漢語本身的音變。人群系統發音的輕重緩急，對言語流中音素或音節的解構與建構產生直接影響。上古漢語音節中的複輔音音素，輕重強弱並不平衡，作為聲母的輔音音素與韻尾的輔音音素，輕重強弱亦復不同，韻尾輔音相對較輕較弱，比較容易丟失。輕讀音節較之重讀音節，也更容易被省減。銅器銘文中的「攻吳」、「攻敔」以及文獻中的「句吳」、「勾吳」，後世只稱「吳」，詞頭「攻」、「句」、「勾」消失。《孟子‧滕文公下》：「《書》曰：『洚水警余。』洚水者，洪水也。」甲骨文就有「洚」字，「洪」字兩周金文未見，是為後出。從「洚」變為「洪」，音節弱化，聲母由清塞音變為濁塞音，介音消失。《詩‧小雅‧十月之交》：「噂沓背憎，職競由人。」鄭玄箋：「噂噂沓沓，相對談語，背則相憎逐。」毛亨傳：「噂猶噂噂，沓猶沓沓。」語流中重複的兩個音節分別丟失了一個音節，這固然受限於詩歌體裁，而主要出於人的主觀意志。《詩‧召南‧何彼襛矣》「何彼襛矣，唐棣之華」，《詩‧秦風‧晨風》「山有苞棣，隰有樹檖」毛亨傳：「棣，唐棣。」《說文》：「逮，唐逮，及也。」「唐棣」起首的音節省掉了。

（五）濁　化

梵漢對音中有不少用漢語的濁音去譯梵語的清音，施向東認為這與漢語的發音習慣有關。他以聯綿詞為例，相當一部分聯綿詞是兩個相同音節在語流中，發音強弱不平衡，其中一個音節弱化而形成的。兩個相同音節如果後一音節聲母變異，就會產生疊韻聯綿詞，如「逡逡」——「逡巡」（祥遵切）；後一音節韻母變異，則形成雙聲聯綿詞，如「蓊蓊」——「蓊蔚」。聯綿詞產生後，後一音節的弱化和變異在語流中仍會發生，如「蓊蔚」——「蓊薈」，「蟾諸」——「蟾蜍」（以諸切），「輪囷」——「輪箘」（渠隕切）。「巡、蜍、箘」的聲母已經濁化。

語流音變並非想像的那樣「形成和發展有一定的順序，一般從連讀變調開始，而後產生輕聲，進一步發展為合音（包括兒化、小稱變韻和小稱變調）」。實際上，聲調是音節中相對穩定的元素，最薄弱的是韻尾，因此，語流音變一般不是從連讀變調開始，而是韻尾最容易發生變化。語流音變也不一定會遵循所謂變調——輕聲——合音的路線，每一種語言完全與自身存在的生態環境相互作用相互協同，在言語流中自主選擇音變方向。絕大部分西南方言沒有輕聲，但卻有成熟的兒化系統，有的甚至具有普通話兒化所沒有的功能。下面是瀘州話與普通話韻母兒化的比較：〔註6〕

（一）兒化的範圍不同

瀘州話 37 個韻母除 [ə] 韻外，[iai]、[yoŋ] 兩韻沒有兒化。普通話 39 個韻母除 [ə] 韻外，僅 [ɛ] 韻不兒化，而 [ɛ] 韻常用字只有一個語氣詞「誒」，因此，可以說普通話全部韻母都能兒化。少數詞形和語義本來相同的語詞，兒化後即產生語義區別。如「愛人」在瀘州話和普通話裏都指「妻子」或「丈夫」，兒化之後，瀘州話仍指「配偶」，普通話則是「逗人喜愛」。還有少數詞形相同語義不同的語詞，如「板眼」，瀘州話是「花樣、竅門」的意思，一定兒化；普通話則指「節拍，條理層次」，不兒化。

（二）兒化所引起的韻母變化不同

瀘州話兒化所有的韻母主元音一律為 [ə]。普通話絕大多數韻只是主元音的捲舌化，只有少數韻才是主元音 [ə] 化。

〔註 6〕李國正著《四川瀘州方言研究》，臺北：洪葉文化事業有限公司 1997 年 9 月版，第 19～36 頁。

（三）兒化詞的構成手段有所不同

瀘州話兒化詞的顯著特點，是由單音名詞、動詞、形容詞重疊構成的疊音名詞，絕大多數能兒化。有些單音節語素在作為普通雙音語詞的末音節或單獨成詞時，不能兒化，一旦構成疊音名詞便能兒化。如：「鍋」、「鐵鍋」；「刀」、「菜刀」不兒化，「鍋鍋」→「鍋鍋兒」；「刀刀」→「刀刀兒」，一定兒化。

（四）兒化詞的功能也有差異

普通話兒化能辨別語義，區分詞性，能表示「細小」的語義和親切喜愛等感情色彩。瀘州話兒化除了具備這些功能而外，還有兩個特點：

1. 能用兒化表示厭惡，鄙夷，輕慢，戲謔等感情色彩。

帶有厭惡、鄙夷色彩的兒化詞，如：瞟眼兒（斜眼人）、抱腳兒（笨蛋）、逗腳兒（吝嗇鬼）、偷瓜兒（小偷）、鬧官兒（姘夫）、爛癮兒（在社會上胡混的人；耽於不良嗜好者）、日白生兒（說大話、謊話的人）、殺殺生兒（從中阻擾的人）、爛條兒（壞主意）、日厭兒（可惡；搗亂）、妖豔兒（美得不正派；做法古怪）、爛桿兒（壞的，不中用的）、提虛勁兒（虛張聲勢，做假樣說大話）等等。

帶有輕慢色彩的兒化詞，如：爆蔫老媽兒（半老的婦女）、爆蔫老者兒（半老的男子）、鼓眼兒（眼球凸出的人）、船老闆兒（船工）、謇巴郎兒（口吃的人）、姨孃兒（小老婆）、老媽兒（老婦人；女傭；婆母）、寡母母兒（寡婦）、配盤兒（作陪襯）、偏份兒（非正式的身份；因便承受的一份）等等。

帶有戲謔色彩的兒化詞，如：癟嘴兒（嘴巴扁平的人）、抱雞婆兒（孵蛋雞；潑辣而體態臃腫的婦女）、來尿狗兒（尿床的小孩）、老雀兒（老手）、癩毛兒（癩頭）、屎肚千兒（大肚子，多指小孩，不指孕婦）、燒火佬兒（灶間燒火的廚工；騷老頭兒）、坐雞圈兒（坐牢）、蹺蹬兒（腿伸長，意謂死亡）等等。

2. 瀘州話沒有舌尖後音聲組，[l]、[n] 也合併為一個音位，輔音音位的減少，使瀘州話呈現出樂音化趨向。人們欣賞捲舌元音音質的柔和優美，下列兒化詞僅僅體現對言語的審美心理。

蚌殼兒、白鶴兒、皮衫兒、羅漢兒、菜豌兒、地瓜兒、跑灘兒（走江湖、流浪）、打蹬蹬兒（小孩學站立）、打黑摸兒（摸黑）、打光胴胴兒（打赤膊）、醪糟兒（糯米酒）、吃晌午兒（吃午飯）、秋老虎兒（秋季暴熱）、黃水溜兒（黃鼠狼）、估登兒（估計）等等。

　　兒化並非單純自然層次上韻尾弱化發生的語流音變，運用語言的人群系統，語言所在的社會環境、文化環境各種因子對兒化的形成和運動方向關係密切。瀘州話「藥媽」、「老媽」的「媽」能兒化，「姨媽」、「媽媽」的「媽」不兒化，就不能單純從語音角度去考察，而應注意到與「媽」對應的音節所出現的言語環境，以及使用該語言的人群系統長期形成的社會觀念。瀘州話裏作為有密切親屬關係的長輩稱呼，原則上不兒化。如「爸爸、媽媽、公公、婆婆」絕不兒化。在以疊音名詞廣泛兒化為顯著特點的瀘州話裏，這幾個語詞在兒化浪潮中顯示了不可動搖的穩定性，很大程度上是由於人們在觀念上認為它們不能兒化。「爸爸」和「粑粑」在語義上不容混淆，在感情色彩上也大有逕庭。「粑粑」作為兒童喜歡的糕點食品，倘使同「爸爸」發音相似，則與兒童對父親尊崇親愛的感情相牴觸，這就勢必從語言心理上引起避諱。從言語環境來看，瀘州話裏［pa］音節重疊有兒化詞「粑粑兒」、「屁屁兒」（糞便；髒物）、「把把兒」（蒂、柄）、「八八兒」（排行第八的孩子），唯有「爸爸」不兒化，顯然不是單純的語音問題。「藥媽兒」（巫婆）、「老媽兒」（女傭）帶有鄙夷的色彩，「老公公兒」、「老婆婆兒」帶有輕慢的色彩。這種情況表明，不但「媽媽」、「姨媽」不兒化有著觀念上的原因，就是「藥媽」、「老媽」等詞兒化也逃不掉社會觀念的制約。

　　漢語有一千多種方言，每種方言都處於不同的生態環境，在不同的環境中各種方言都在與各種環境因子相互作用相互協同，在不停的生態運動中維持生存並努力探尋進化方向。與同一個漢字對應的音節，在不同的方言中結構元素不可能整齊劃一，要追索一個音節的古老生存形態，可以通過對盡可能多的方言調查，從共時平面的語音形態綜合分析，找到音節歷時嬗變的軌跡。

　　中古流蟹兩攝都是陰聲韻，但是現代漢語有的方言這兩攝有些音節卻讀鼻音尾。瀘州話「某、謀、畝、牡、茂、貿，否、皺、縐」等漢字對應的音節韻尾都是［-ŋ］，「介、芥、疥、界、戒、械、屆、解、蟹、懈」等漢字對應的音節韻尾都是［-n］，這是一個奇怪的現象。蟹攝的［-n］尾，瀘州話「解放」的「解」對應的音節有三種生態結構：［kai］→［tɕiai］→［tɕian］，這顯示了從中古到現代「解」字對應的音節結構嬗變的歷史層次，但這只是特例，絕大多數的漢語音節，如果不聯繫其他方言進行比較研究，是不能發現其生態運動軌跡的。

根據《四川大學學報》（社科版）1960 年第 3 期《四川方言音系》公布的材料，四川使用漢語的 150 個縣市中，有 140 個縣市流攝唇音字出現了〔-ŋ〕尾，而瀘州、青川、榮昌、仁壽 4 縣市蟹攝開口二等牙喉音字出現了〔-n〕尾。李國正《四川話流蟹兩攝讀鼻音尾字的分析》（《中國語文》1984 年第 6 期）一文已做過考察。

通過對現代漢語方言流攝有關漢字對應音節不同讀音的共時比較，可以清理出從中古到現代這類特殊音變的歷史層次，並對這類特殊音節的嬗變作出自然層次上的音理分析或文化層次上的闡釋。採用的語音材料以李榮主編的《現代漢語方言大詞典》為主要依據，兼及其他方言專著提供的該詞典未收錄的語音材料。〔註7〕以不同方言同一單字所對應音節的音值為基礎，首先從同一單字對應音節在不同方言裏的共時讀音清理出音節嬗變的軌跡，然後再以各方言單字音節的音變軌跡為依據，歸納出這些音節結構從中古到現代生態運動變化的歷史層次。

這些單字音節按中古音韻地位的異同共分 5 組：A 組：「某」、「畝」、「牡」；B 組：「茂」、「貿」；C 組：「謀」；D 組：「否」；E 組：「皺」、「縐」。

A 組：流攝開口一等上聲厚韻明紐「某」、「畝」、「牡」

〔註 7〕參看李榮主編《現代漢語方言大詞典》，南京：江蘇教育出版社，2002.12；張曉山編《新潮汕字典》，廣州：廣東人民出版社，2009.1；楊紹林著《彭州方言研究》，成都：四川出版集團巴蜀書社，2005.9；蘭玉英等著《泰興客家方言研究》，北京：文化藝術出版社、中國社會科學出版社，2007.12；劉澤民著《瑞金方言研究》，北京：文化藝術出版社、中國社會科學出版社，2006.12；曾獻飛著《汝城方言研究》，北京：文化藝術出版社、中國社會科學出版社，2006.12；明生榮著《畢節方言研究》，北京：中國社會科學出版社，2007.11；唐愛華著《宿松方言研究》，北京：文化藝術出版社、中國社會科學出版社，2005.7；戴昭銘著《天台方言研究》，北京：中華書局，2006.12；傅欣晴著《撫州方言研究》，北京：文化藝術出版社、中國社會科學出版社，2006.12；張燕娣著《南昌方言研究》，北京：文化藝術出版社、中國社會科學出版社，2007.12；盧繼芳著《都昌陽峰方言研究》，北京：文化藝術出版社、中國社會科學出版社，2007.11；盧開磏、張莆著《水富方言志》，北京：語文出版社，1988.9；應雨田著《湖南安鄉方言》，北京：中國社會科學出版社，1994.3；劉興策著《宜昌方言研究》，武漢：華中師範大學出版社，1994.12；周政著《平利方言調查研究》，北京：中華書局，2009.4；李永延著《巧家方言志》，北京：語文出版社，1989.9；田希誠著《和順方言志》，北京：語文出版社，1990.5；胡雙寶著《文水方言志》，北京：語文出版社，1990.5；楊述祖、王艾錄編著《祁縣方言志》，太原：《語文研究》編輯部，1984.5.25；邢向東著《神木方言研究》，北京：中華書局，2002.11；邢向東、蔡文婷著《合陽方言調查研究》，北京：中華書局，2010.7；黔東南州地方志辦公室編著《黔東南方言志》，成都：四川出版集團巴蜀書社，2007.1。

1.「某」的讀音

    ［bɔ］   廈門

    ［meu］   南昌

    ［mɛu］   撫州、都昌陽峰

    ［mɤ］   瑞金

    ［məu］   汝城、宜昌、鎮遠、黎平、凱里、黃平、丹寨

    ［mu］   和順、祁縣、神木、合陽、丹寨

    ［mau］   宿松、宜昌

    ［mɤu］   天台

    ［mo］   安鄉

    ［moŋ］   巧家、畢節、潮州

    ［muŋ］   泰興客話、水富

四川「某」讀鼻音尾的絕大部分方言點的音值是［moŋ］，有的點韻腹高化後變為［muŋ］，而廈門、瑞金、安鄉以及和順等 5 個方言點單韻母為後元音的呈高化趨勢：［ɔ、ɤ］ → ［o］ → ［u］。

複韻母［au］高化為［ɛu］、［eu］，如撫州、都昌陽峰和南昌。［ɛ、e］受韻尾［u］影響而發音部位後移變為［əu］，如汝城等 7 個點。當韻腹為後半高圓唇元音［o］時，韻尾［u］變成了同部位的鼻輔音［ŋ］，如巧家等 3 個點。有的點韻腹［o］還會繼續高化為［u］，如泰興客話、水富。複韻母的嬗變軌跡是：

    ［au］ → ［ɛu、eu］ → ［əu］ → ［ou］ → ［oŋ］ → ［uŋ］

2.「畝」的讀音

    ［mu］   牟平、洛陽、西安、西寧、萬榮、福州、徐州、南京、忻州、畢節、和順、文水、祁縣、神木、合陽、凱里、黃平、丹寨

    ［mɛu］   黎川、撫州、都昌陽峰

    ［meu］   梅縣、雩都、南昌

    ［mə］   丹陽

    ［miu］   金華

    ［mo］   揚州、安鄉

    ［moŋ］   成都、巧家

　　[mou]　　貴陽

　　[mɐu]　　柳州

　　[miɤ]　　婁底

　　[mœ]　　萍鄉

　　[mɐu]　　南寧平話、汝城、宜昌、凱里、黃平、丹寨、鎮遠、黎平

　　[mau]　　東莞、宿松、宜昌

　　[mɔu]　　海口

　　[muŋ]　　彭州、泰興客話、水富

　　[mɤ]　　瑞金

　　[mɤu]　　天台

　　萍鄉、丹陽、瑞金、揚州、安鄉以及牟平等 18 個點的單元音韻母呈後高圓唇化趨勢：[œ] → [ə] → [ɤ] → [o] → [u]。後半高不圓唇元音 [ɤ] 會帶出 [i] 韻頭變為細音，如湖南婁底；而 [ɤ] 會變圓唇並繼續高化為 [u]，如金華，但這只是個別情況。

　　複韻母的總趨勢也是後高化。[au] 的嬗變有兩種情況：一是後化變為 [ɐu]，如柳州；二是高化則為 [ɐu]，如黎川等 3 個點。[ɐu] 也有兩種分化：一是前高化變為 [eu]，如梅縣等 3 個點；二是後化會變為 [əu]，如南寧平話等 8 個點。[əu] 後圓唇化則變為 [ɔu]，如海口。[ɔu] 繼續高化變為 [ou]，如貴陽；由於韻腹強化韻尾相對較弱，因而 [u] 很容易變為同部位鼻輔音 [ŋ]，如成都、巧家；[oŋ] 的韻腹繼續高化就變成了 [uŋ]，如彭州等 3 個點。可見複韻母嬗變的主要路徑是：

　　[au] → [ɐu] → [əu] → [ɔu] → [ou] → [oŋ] → [uŋ]

　　3.「牡」的讀音

　　　　[mu]　　濟南、南京、洛陽、萬榮、上海、西寧、成都、彭州、泰興客話、天台、都昌陽峰、巧家、和順、文水、祁縣、合陽、凱里、黃平、丹寨

　　　　[mə]　　溫州

　　　　[mo]　　揚州

　　　　[mau]　　萬榮、南寧平話、畢節、宿松、宜昌、鎮遠

　　　　[mɔ]　　上海、西寧、神木

〔mɤ〕　　上海、瑞金

〔mæ〕　　蘇州

〔mæɤ〕　　寧波

〔meu〕　　南昌

〔mɛu〕　　黎川、撫州

〔mou〕　　貴陽

〔məu〕　　汝城、宜昌、凱里、黃平

〔mɤu〕　　天台

〔muŋ〕　　水富

〔mɔo〕　　合陽

〔mao〕　　丹寨、黎平

　　蘇州、溫州、上海等 3 個點，揚州以及濟南等 19 個點的單元音韻母呈後高圓唇化趨勢：〔æ〕→〔ə〕→〔ɤ〕→〔o〕→〔u〕。央元音〔ə〕後化有兩種情況：一是變為半高不圓唇元音〔ɤ〕，如上海、瑞金；再是變為半低圓唇元音〔ɔ〕，如上海、西寧、神木。

　　複韻母〔ao〕有三種演化：一是高化為〔æɤ〕，如寧波；二是韻尾高化後變為〔au〕，如萬榮等 6 個點；三是韻腹後高化為〔ɔo〕，如合陽。而〔au〕前高化為〔ɛu、eu〕，如黎川、撫州、南昌等 3 個點。〔ɛ、e〕受〔u〕影響發音部位後移則為〔əu〕，如汝城等 4 個點。〔əu〕的主要元音後高圓唇化變為〔ou〕，如貴陽。韻腹〔o〕強化則韻尾相對較弱，〔u〕就很容易變為同部位鼻輔音〔ŋ〕。若韻腹〔o〕持續強化，就變成了水富的〔uŋ〕。複韻母的嬗變軌跡如下：

　　〔ao〕→〔au〕→〔ɛu、eu〕→〔əu〕→〔ou〕→〔oŋ〕→〔uŋ〕

　　B 組：流攝開口一等去聲候韻明紐「茂」、「貿」

　　1.「茂」的讀音

　　〔me〕　　建甌

　　〔mɔ〕　　濟南、神木

　　〔meu〕　　南昌

　　〔mɛu〕　　雷州、撫州、都昌陽峰

　　〔muŋ〕　　彭州、泰興客話、水富、丹寨、黎平

[mɤ]　　瑞金

[mɔu]　　汝城、宜昌、凱里、黃平、鎮遠、和順

[moŋ]　　畢節、巧家、潮州

[mɤu]　　天台

[mau]　　安鄉、平利、文水、祁縣、凱里

[mɔo]　　合陽

[mao]　　黃平、丹寨

從建甌的〔me〕、瑞金的〔mɤ〕到濟南、神木的〔mɔ〕，單元音韻母明顯後高化：〔e〕→〔ɤ、ɔ〕

複韻母〔ao〕有兩種情況：一是韻腹後圓唇化為〔ɔo〕，如合陽；二是韻尾高化後變為〔au〕，如安鄉等 5 個點。〔au〕的韻腹受韻尾影響繼續高化為〔ɛu、eu〕，如雷州等 3 個點和南昌。〔ɛu、eu〕後化為〔ɔu〕，而〔ɔo〕韻尾高化後也變為〔ɔu〕，如汝城等 6 個點。〔ɔu〕也有兩種情況：一是高化為〔ɤu〕，如天台；二是為後鼻韻尾的產生提供了可能，如畢節等 3 個點以及彭州等 5 個點：

〔ɔu〕→〔oŋ〕→〔uŋ〕

2.「貿」的讀音

[muŋ]　　彭州、泰興客話、水富、丹寨、黎平

[mɤ]　　瑞金

[məu]　　汝城、宜昌、巧家、凱里、黃平、鎮遠

[moŋ]　　畢節、潮州

[mɤu]　　天台

[meu]　　南昌

[mɛu]　　撫州、都昌陽峰

[mau]　　安鄉、平利、文水、祁縣、凱里

[mɔu]　　和順

[mɔ]　　神木

[mɔo]　　合陽

[mao]　　黃平

單元音韻母只有〔ɔ〕和〔ɤ〕，都是後元音且有高化趨勢。

複韻母的演化路徑與「茂」完全一樣。

C組：流攝開口三等平聲尤韻明紐「謀」

「謀」的讀音

[mu]	烏魯木齊、太原、忻州、西安、洛陽、西寧、和順、文水、祁縣、神木、合陽、丹寨
[mo]	揚州
[mə]	溫州
[mœ]	萍鄉
[meu]	南昌
[mɛu]	福州、雷州、撫州
[mou]	武漢
[moŋ]	武漢、畢節、巧家、潮州
[mɐu]	南寧平話、汝城、水富、凱里、黃平、鎮遠、黎平
[mʁu]	柳州
[miɤ]	婁底
[muŋ]	泰興客話、水富
[mɤ]	瑞金
[mau]	宿松、安鄉、宜昌、平利
[mɤu]	天台

從萍鄉的〔mœ〕、溫州的〔mə〕、瑞金的〔mɤ〕、揚州的〔mo〕到烏魯木齊等 12 個點的〔mu〕，單元音韻母明顯後高圓唇化：〔œ〕→〔ə〕→〔ɤ、o〕→〔u〕

複韻母〔au〕的走向有兩種情況：大多是高化為〔ɛu〕，如福州等 3 個點，進一步高化為〔eu〕，如南昌；再是後高化，如柳州的〔ɐu〕。〔ɐu〕很容易高化為〔əu〕，〔ɛu〕也可後高化為〔əu〕。韻腹〔ə〕後高化不圓唇變為〔ɤ〕，如天台的〔ɤu〕；後高化圓唇則變為〔o〕，如武漢的〔ou〕。〔ou〕的韻尾弱化變為同部位鼻輔音〔ŋ〕，如武漢、畢節、巧家、潮州等 4 個點；韻腹〔o〕再高化為〔u〕，如泰興客話和水富，則「謀」有兩種後鼻輔音讀法〔moŋ〕、〔muŋ〕。

D組：流攝開口三等上聲有韻非紐「否」

「否」的讀音

［fau］　　哈爾濱

［pã］　　　廈門

［p'ai］　　廈門

［fv］　　　蘇州

［fo］　　　彭州、平利

［fəu］　　泰興客話、汝城、宿松、宜昌、巧家、鎮遠、黎平

［fɤ］　　　瑞金

［fu］　　　畢節、安鄉、和順、神木、合陽、凱里、黃平、丹寨、鎮遠、
　　　　　　黎平

［foŋ］　　畢節

［fɤu］　　天台

［feu］　　南昌

［fɛu］　　撫州

［fuŋ］　　水富

［xu］　　　文水、祁縣

　　以上各方言點的聲母有［p、p'、f、x］四個，其中［f］和［x］表明唇音聲母存在弱化趨勢。

　　三等的［-i-］介音完全消失。單元音韻母有三種情況：一是鼻化，如廈門；二是濁輔化，如蘇州；三是後高化，如瑞金［fɤ］，彭州、平利［fo］，畢節、安鄉等 10 個點［fu］，文水、祁縣［xu］。後高化是主要趨勢。

　　除了［ai］，複韻母主要趨勢也是後高化：［au］→［ɛu、eu］→［əu］→［ɤu］。泰興客話等 7 個點「否」的韻母是［əu］，而［əu］後高化圓唇就很容易產生［foŋ］、［fuŋ］。

E 組：流攝開口三等去聲宥韻莊紐「皺」、「縐」

1.「皺」的讀音

　　［tʂou］　　哈爾濱、濟南

　　［tsou］　　西安、安鄉、平利、文水、合陽

　　［tɕiθ］　　崇明

　　［tsɤ］　　　上海、瑞金

　　［tsiɤ］　　上海、婁底

〔tseu〕　南昌

〔tsɛu〕　黎川、撫州

〔tsiu〕　梅縣、金華

〔tsau〕　福州、溫州、東莞

〔ʃəu〕　南寧平話

〔niau〕　海口

〔tsiau〕　海口、都昌陽峰

〔tsi〕　績溪

〔tsoŋ〕　貴陽、長沙、成都、畢節、平利、丹寨、鎮遠、黎平

〔tsɐu〕　銀川、洛陽、汝城、畢節、宿松、宜昌、巧家、和順、祁縣、
　　　　　神木、凱里、黃平、鎮遠

〔tsœ〕　萍鄉

〔tsəɯ〕　南京

〔tsɯ〕　西寧

〔tsei〕　杭州

〔tsɤu〕　烏魯木齊、天台

〔tsuŋ〕　彭州、水富

〔tɕiɤu〕　天台

2.「繱」的讀音

〔tsɤɯ〕　揚州

〔tsœ〕　萍鄉

〔tsɤ〕　上海、瑞金

〔tsau〕　溫州

〔tsɐu〕　廣州

〔tsɐu〕　泰興客話、畢節、宜昌、和順、祁縣、神木、凱里、黃平

〔tsɤu〕　天台

〔tɕiɤu〕　天台

〔tseu〕　南昌

〔tsɛu〕　撫州、福州

〔tsiau〕　都昌陽峰

　　［tsuŋ］　水富

　　［tsou］　安鄉、平利、文水、合陽

　　單元音韻母呈前後對立兩種演化趨勢，如績溪［i］和萍鄉［œ］是前元音，而西寧［ɯ］和上海、瑞金［ɤ］卻是後元音。

　　齒音聲紐後面的［i］可能是中古三等的殘留。由於齒音聲母發音部位趨前，後高韻母的韻尾不圓唇化就不可能變為鼻輔音，如南京的［əɯ］、西寧的［ɯ］。

　　複韻母［iau］丟掉［-i-］介音變為［au］，如福州、溫州、東莞；韻腹［a］高化則韻母變為［ɛu、eu］，如黎川、撫州、福州和南昌；韻腹後化則變為［əu］，如南寧平話、泰興客家話等 8 個點、銀川等 13 個點；進一步後高化一是變為［ɤu］，如烏魯木齊、天台；再是變為［ou］，如哈爾濱、濟南以及西安等 5 個點。［ou］韻腹持續強化則韻尾相對弱化，［u］就有變為［ŋ］的可能，如貴陽等 8 個點；［oŋ］的韻腹繼續高化為［u］，就會變成［uŋ］，如彭州、水富。其嬗變路徑是：

　　［iau］→［au］→［ɛu、eu］→［əu］→［ɤu、ou］→［oŋ］→［uŋ］

　　綜合「某」、「畝」、「牡」、「茂」、「貿」的音變路徑，可推測一等唇音聲紐字對應的音節出現［-ŋ］尾的歷史層次：

　　1. 中古韻腹後高化導致韻尾弱化，以致丟失韻尾變為單元音韻母；

　　2. 後高元音前面帶出央元音或前元音；

　　3. 央元音或前元音繼續後高化；

　　4. 當韻腹是後半高圓唇元音時，韻尾［u］會弱化為同部位鼻輔音。

　　三等唇音聲紐字對應的音節出現［-ŋ］尾的嬗變軌跡，以「謀」為例可作進一步的分析。

　　「謀」在中古的音韻地位是流攝開口三等平聲尤韻明紐。現代漢語各方言「謀」的韻母有三類，第一類是單元音韻母，第二類是雙元音韻母，第三類是以後鼻輔音收尾的韻母，這三類音節的共同特徵是毫無例外地保持了中古明母。由此可知，在從中古到現代的一千餘年間，各個方言與「謀」字對應的音節處於強聲弱韻的生態運動中。音節內部由於聲母處於強勢地位而保持穩定，韻母相對削弱而不能不產生分化，換言之，韻母弱化是現代漢語諸方言韻母形態多樣的根本原因。

　　湖南婁底保持了中古三等韻的［-i-］介音。由於［-i-］的作用，影響到它後面的元音具有高化趨勢。［i］後的［ɤ］一旦高化為［ɯ］，則因［ɯ］是主要元音，［i］轉而處於弱勢。由於發音部位越是靠後的元音越是具有圓唇化的趨勢，因此：

　　［miɤ］→［miɯ］→［mu］，如太原、烏魯木齊、忻州、西安、洛陽、西寧「謀」的韻母都是丟掉了［-i-］的後高圓唇元音［u］。

　　後高元音［u］高到不能再高，它的前邊勢必帶出一個音色含混的央元音［ə］。這一音變現象可以普通話「露」的讀音為參證：「暴露」的「露」讀［lu］，「露一手」的「露」白讀為［ləu］。這樣：

　　［mu］→［məu］，如汝城、南寧平話即是。

　　［ə］成為主要元音，就與居於韻尾的［u］處於強弱拉鋸的態勢。當韻尾處於強勢，則韻腹［ə］受［u］影響而高化為［ɤ］或［o］，如天台、武漢；當韻腹處於強勢，則［ə］或低化或前化為［ɐ、ɛ、œ、a］，如柳州、福州、雷州、撫州、宿松。韻腹持續強化必然進一步削弱韻尾，最極端的後果是導致韻尾丟失：

　　［mɤu］→［mɤ］，如瑞金。［mœu］→［mœ］，如萍鄉。

　　當韻尾處於強勢時，韻尾［u］會推動［ə］高化為［o］，而［o］作為主要元音逐漸強化，則韻尾［u］相對削弱，直至丟掉韻尾：

　　［məu］→［mou］→［mo］，如揚州。

　　或者［u］轉變為同部位的鼻輔音：

　　［məu］→［mou］→［moŋ］，如畢節、巧家、潮州、武漢白讀。

　　［o］持續強化，就會：［moŋ］→［muŋ］，如泰興客話、水富。

　　這樣就可以清理出「謀」字所對應音節的生態結構從中古到現代嬗變的路線：

　　［miɤ］→［miɯ］→［mu］→［məu］→［mou］→［moŋ］→［muŋ］

　　同樣是三等韻的「否」，現代方言沒有保留［-i-］介音。

　　因此，流攝三等韻讀鼻音尾字對應的音節從中古到現代生態結構嬗變的歷史層次是：

　　1. 韻母帶［-i-］介音；

2. 主元音高化丟掉［-i-］介音，韻母變為單元音；

3. 韻母由單元音變為雙元音，雙元音繼續後高化；

4. 當韻腹是後半高圓唇元音時，韻尾［u］會弱化為同部位鼻輔音。

在「皺」、「縐」讀鼻輔音的方言點，毫無例外，與「皺」、「縐」中古音韻地位相同的其他字全都沒有出現鼻輔音，可見「皺」、「縐」韻尾變為［-ŋ］是孤立的特殊現象。它與唇音聲紐下發生的成批音節有規律的音變是兩回事。按正常音變規律，「晝、宙、咒、皺、縐」應當同音，但就目前所知的方言材料，任何方言點「晝、宙、咒」都沒有帶［-ŋ］尾。「晝、宙」多出現於書面語，而「咒、皺、縐」口語裏出現頻率較大，為了避免與「咒」同音引起詛咒誤解，「皺」、「縐」的［-ŋ］尾很可能是社會文化心理作用的結果。

漢語音節的語流音變是從語言產生伊始就存在的生態運動。漢語從漢藏語系的原始母語分化之初原本是沒有聲調的多音節語言，但是由於各種環境因素的作用，通過長期的語流音變生態運動，到殷商時期變成了以單音節為主的有聲調的語言。

殷墟卜辭中雙音詞為數甚少，而《詩經》中的雙音詞明顯增多，這些雙音詞正是語流中音節之間相互作用發生音變造成的。漢賦裏的雙音詞有了進一步的發展，這適應當時社會經濟文化對語言的要求，而漢代雙音詞的發展同樣是通過語流音變的生態運動來進行的。

語流音變不僅推動了漢語語詞的多音節化，而且為語言進化提供了多種選擇機會。例如某些方言的「語素音變」不只是區別語義的輕重廣狹，而且能夠表達情感、產生不同詞性的語法功能。

唐代以前，漢語的語流音變存在同化、異化、增音、減音、濁化等語流音變的生態運動形式。宋代之後，兒化開始萌芽，到明代漢語兒化已比較成熟。所謂「各種音變的形成和發展有一定的順序，一般從連讀變調開始，而後產生輕聲，進一步發展為合音（包括兒化、小稱變韻和小稱變調）」，這只是主觀臆斷，實際上漢語在不同的生態環境中有不同的語流音變特色和嬗變軌跡，並不遵循人為的順序，例如西南方言就沒有產生輕聲，但具有豐富多彩的兒化，其中瀘州方言的兒化具有比普通話兒化更為廣闊的範圍和更多樣的功能。

從殷商時期直到唐代，社會經濟文化空前繁榮，對語言交際有了更高的要求，單音詞在語流音變生態運動中多音節化使唐代湧現了大量多音詞。證據表

明，正是語流音變推動了漢語語詞由單音節向多音節發展的進程。因此，「各種音變是唐宋以來多音詞大量產生後發生的」這種看法完全顛倒了因果關係，事實是唐宋以來多音詞大量產生正是各種音變造成的。

二、上古漢語音系的生態特徵與嬗變

聲音一發即逝，古代沒有現代的錄音設備，誰也不知道上古漢語怎麼講。因此，上古漢語音系的生態特徵及其嬗變的討論，無法以上古漢語的言語事實為基礎。沒有言語事實為基礎的探索和研究，從一開始就注定了不能復原上古漢語的真實面貌，只是盡最大可能接近原貌而已。

宋人發現用當時的讀音去讀古詩，韻腳並不和諧，於是吳棫提出通轉說，朱熹提出叶音說，企圖解決古今讀音不同的難題，這當然是不能令人信服的。明代陳第《毛詩古音考·自序》提出「蓋時有古今，地有南北，字有更革，音有轉移」，明確指出語音的動態演變，與時間和空間等諸多環境因素相關。這是中國學者研究古音學最早的生態語言觀的萌芽。

清代研究古音的學者接受了陳第的動態觀而忽略了環境觀，顧炎武開創了古韻分部的先例，把古音研究引入系統化的科學軌道，黃侃集清儒研究成果之大成，提出上古音系十九個聲母二十八個韻部的假說，這個假說的音系得到文獻諧聲的支持，是近代上古音系研究的一座豐碑。不過，這座豐碑建立的基礎主要是《詩經》，而《詩經》運用的語言覆蓋十五方國，其中既有京師的官方用語，更有不同地域的方言。雅言和方言來自不同的社會層次不同的時代，用這些混雜的材料整理出來的音系，既不能代表純正的官方語言，也不能代表具體方國的方言，只是一個虛擬的代表《詩經》文本的整合音系。不僅《詩經》如此，不少古代文本都很難說是單純語言的記錄，往往是不同時代不同地域不同社會層次積累下來的言語資料，文字對應的言語往往是古語與今語、通語與方言雜糅，這令後人很難釐清上古漢語的真實面貌。

古聲十九紐主要是由《切韻》音系上推，指導思想是接受了陳第的動態觀，結合諧聲、通假、異文、異讀、方言等諸多實證，黃侃提出了聲韻「相挾而變」的理論，把聲與韻看成是相互結合又相互矛盾的統一體。由於聲與韻是相互關聯制約的，古聲紐發生變化，必然古韻也會變，反之亦然。因此，上古沒有中古聲紐的二、三等，古韻也沒有二、三等。上古音即古本音沒有中古音一至四

等的分別，中古音居一、四等的聲紐為古本紐，206 韻中的一、四等韻是古本韻，中古音的二、三等是從上古音的一、四等變來的。聲韻相挾的理論說明了上古聲韻相互作用相互協同變聲只出現在變韻的規律，而聲韻之間的矛盾運動在語流音變過程中導致三等介音的產生。黃侃的二十八個韻部實際上是《詩經》文本押韻的韻轍，一個韻部可以包括好幾個韻母，而這些韻母又涵蓋若干方言。如果根據十五國風的詩歌韻腳企圖整理出十五種方言的韻母系統，資料顯然不足。因此，這二十八個韻部只是春秋時期京師言語與若干方國言語在詩歌押韻方面表現出來的整體面貌。實際上，上古韻母系統究竟以何地語言為代表尚無定論，更毋庸問每個韻部有哪些韻母，每個韻母屬哪個方國的語言系統。

上世紀西方歷史比較語言學和音系描寫方法的輸入，給古音研究帶來一股新鮮空氣。國外學者也加入了中國古音學的研究，瑞典學者高本漢（Klas Bernhard Johannes Karlgren）的古音研究建立在與越南、朝鮮、日本等域外漢字語音比較的基礎上，這使中國學者注意到漢語在長期的嬗變過程中與之密切接觸過的其他語言，這些語言作為漢語存在的生態環境，相互之間不可能不產生影響。在西方語言學的影響下，王力於上世紀 50 年代，李方桂於 70 年代，黃典誠先生於 80 年代，先後提出了上古擬音體系。黃典誠先生認為上古漢語有平聲、上聲、去聲三個調類，文獻書證和南方諸多方言實證均支持黃侃提出的古聲十九紐。下面是黃典誠先生所擬上古音系聲母表和韻部表：〔註8〕

表 6.1　黃典誠上古漢語聲母表

發音方法 \ 部位	噪　音				響　音	
	清塞（擦）音		濁塞（擦）音	清擦音	鼻　音	邊　音
	不送氣	送　氣				元　音
唇音	幫 [p]	滂 [p']	並 [b]		明 [m]	
舌音	端 [t]	透 [t']	定 [d]		泥 [n]	來 [1]
齒音	精 [ts]	清 [ts']	從 [dz]	心 [s]		
牙音	見 [k]	溪 [k']	匣 [g]		疑 [ŋ]	
喉音				曉 [h]		影 [ø]

〔註8〕黃典誠著《漢語語音史》，廈門大學 1981 年 2 月油印本，第 9～10 頁。

表 6.2　黃典誠上古漢語韻部表

韻類 舊名	a 類			ε 類		o 類	高元音類		
	收喉	收舌	收唇	收喉	收舌	收喉	收喉	收舌	收唇
陰聲	魚 [a]	歌 [ai]	宵 [au]	支 [ε]	脂 [εi]	侯 [o]	之 [ɯ]	微 [i]	幽 [u]
入聲	鐸 [ak]	曷 [ait]	藥 [auk] 盍 [aup]	錫 [εk]	質 [εit]	屋 [ok]	職 [ɯk]	物 [it]	覺 [uk] 緝 [up]
陽聲	陽 [aŋ]	寒 [ain]	談 [aum]	青 [εŋ]	真 [εin]	東 [oŋ]	蒸 [ɯŋ]	文 [in]	侵 [um]

　　王力不相信十九紐能分化出中古的四十個聲母，他和相當一部分學者認為沒有分化條件。他們沒有考慮到上古聲韻在一千多年時間的言語流動中，人群發音的輕重強弱引起漢語音節內部聲與韻之間的不平衡，必然產生微妙變化。在不同地域不同時段不同環境因子的共同作用下，聲母或韻母倚重倚輕的結果引起強弱變化，強聲必弱韻，反之亦然。上古十九紐在不同歷史時段的語流音變中，一部分舊聲母的音節弱化產生新聲母，中古的四十個聲母就是舊母和新母歷時音變的積累。王力寧肯相信章組和莊組在上古就已經存在，但是，同樣是語流音變促使上古幫組、端組發生了分化，為什麼不乾脆相信非組和知組上古就已經存在呢？

　　不少學者認為後世有什麼音，上古就應該有箇舊音與它對應，否則後世出現的新音就成了無源之水無本之木。就連新派的語言學者，擬一個音，也要想到後代各種方言的讀音在音理上要能與所擬的音相通。漢語一千多種方言，假設它們都是從同一個母語分化而來，請問，無論擬一個什麼音，能說明任一種方音的由來嗎？音變有時出乎人們的想像，前代沒有的音後代完全可能出現，紛繁複雜的社會交際，千姿百態的言語運動，什麼音變不可能發生？西南有些方言蟹攝有一部分音節讀 [-n] 尾，擬中古音時不能認為這些字中古就是陽聲韻，因為這個 [-n] 尾是在後代的語流音變中新出的。發生音變的這部分蟹攝開口二等牙喉音節正是聲韻相互作用強弱消長的結果。以「解放」的「解」為例：

　　　[kai] → [tɕiai] → [tɕiεi] → [tɕiεn] → [tɕiε] → [tɕie]

　　語流中長期重韻輕聲使聲母發音部位前移，終至 [k] 舌面化為 [tɕ]，為適應新的聲母帶出介音 [-i-]，韻母的主元音因為 [-i-] 的作用由 [a] 高化為 [ɛ]，韻尾與介音相同發音比較彆扭，介音因為與聲母適應居於強勢地位，居於弱勢地位的韻尾進一步弱化為 [-n]。這個 [-n] 目前在一些方言如瀘州、青川還比較穩固，究竟長期保持還是發生變化，除了音節內部的生態運動強弱消長而外，還要看人群系統的言語意識，社會環境和文化環境與言語習慣的融洽程度。不過，南溪、五通橋已經讀 [tɕiɛ]，而郫縣、西昌、天全、漢源、雅安讀 [tɕie]。另有渠縣、會理、寧南、自貢仍保持中古讀音 [kai]。

　　漢末晉初中原漢人大批南下，福建山區相對於戰事頻仍的中原比較閉塞，閩語得以保持漢晉古語。請看閩語「十五音」系統：

　　唇音：邊 [p]　　頗 [p‘]　　門 [m（b）]

　　舌音：紙 [t]　　他 [t‘]　　日 [n（dz）]　　柳 [l]

　　齒音：曾 [ts]　　出 [ts‘]　　時 [s]

　　牙音：求 [k]　　氣 [k‘]　　語 [ng（g）]

　　喉音：鶯 [∅]　　喜 [h]

　　黃典誠先生在《反切異文證上古漢語十九聲紐演變為中古四十個聲母》（載《語海新探》，福建人民出版社 1988 年）一文中指出，這是聲母清化後的情況，只要補上四個濁音聲母 [b]、[d]、[dz]、[g]，即為古聲十九紐。閩北建甌與浦城之間，有一個叫石陂的村鎮還保存著濁音，其土話恰是這十九個聲紐。閩北石陂土話為古音十九紐提供了活的方言證據，這一證據無可爭辯地說明了黃侃上古聲母系統假說的科學性與學術價值。

　　王力認為上古聲調不但有音高的分別，而且有音長的分別，於是分上古聲調為舒促兩類。舒聲類：平聲（高長調），上聲（低短調）；促聲類：長入（高長調），短入（低短調），共四個調類。他在《漢語史稿》（1957～1958）與《漢語音韻》（1963）中構擬了 32 個上古聲紐，在《詩經韻讀》（1980）、《楚辭韻讀》（1980）、《同源字典》（1982）、《漢語語音史》（1985）中增加了一個「俟」母，改為 33 紐。他在《漢語史稿》、《漢語音韻》等書中分古韻為二十九部，後來在《音韻學初步》、《漢語語音史》等著作中增加了一個「冬」部（戰國時期才出現），共有 30 個韻部。

表 6.3　王力上古漢語聲母表

發音部位	聲　母　音　值					
唇音	幫（非）[p]	滂（敷）[p']	並（奉）[b]	明（微）[m]		
舌音	端（知）[t]	透（徹）[t']	定（澄）[d]	泥（娘）[n]	以 [d']	
	章 [tɕ]	昌 [tɕ']	船 [dʑ]		書 [ɕ]	禪 [ʑ]
齒音	精 [ts]	清 [ts']	從 [dz]		心 [s]	邪 [z]
	莊 [tʃ]	初 [tʃ']	崇 [dʒ]		生 [ʃ]	俟 [ʒ]
牙音	見 [k]	溪 [k']	群 [g]	疑 [ŋ]		
喉音	影 [0]	曉 [x]	匣（云）[ɣ]			
半舌					來 [l]	
半齒					日 [ȵ]	

表 6.4　王力上古漢語韻部表

陰聲韻	入聲韻	陽聲韻
之 [ə]	職 [ək]	蒸 [əŋ]
支 [e]	錫 [ek]	耕 [eŋ]
魚 [a]	鐸 [ak]	陽 [aŋ]
侯 [ɔ]	屋 [ɔk]	東 [ɔŋ]
宵 [o]	藥 [ok]	
幽 [u]	覺 [uk]	冬 [uŋ]
微 [əi]	物 [ət]	文 [ən]
脂 [ei]	質 [et]	真 [en]
歌 [ai]	月 [at]	元 [an]
	緝 [əp]	侵 [əm]
	葉 [ap]	談 [am]

　　郭錫良《殷商時代音系初探》（《北京大學學報》1988 年第 6 期）把已識的近千個甲骨文列入王力提出的上古音系統中加以考察，得出殷商時代的聲母十九個，這個聲母系統沒有章組和莊組。不過這只是名義上並非實際上的殷商音

系聲紐，因為郭錫良並不是根據甲骨文的諧聲和通假材料來構擬殷商音系，而是把殷商音系視同春秋時期的《詩經》音系，從商末到春秋，其間相隔數百年而語音系統一成不變，這是絕不可能的。不過，這項工作恰好證明了黃侃上古聲十九紐的科學假說。

李方桂在承認漢語上古音有聲調的前提下，進一步追溯聲調的來源。他說：「我們雖然承認上古是有聲調的，但是我們不能忘記聲調仍有從不同的韻尾輔音或複輔音產生的可能。」〔註9〕他構擬的上古聲母以高本漢的體系為基礎，去掉了高本漢的三十四個聲母中只出現在三等韻 j 介音前的十五個聲母，餘下的十九個聲母可以在任何韻母前出現。儘管李方桂增加了一套清鼻音聲母與一套圓唇舌根音及喉音，以解釋鼻音與其他聲母的互諧和中古合口的來源，但是他所構擬的上古音聲母系統顯然是黃侃上古聲十九紐的擴展。

表 6.5　李方桂上古漢語聲母表

發音方法　　部位	塞　音			鼻　音		通　音	
	清	次　濁	濁	清	濁	清	濁
唇音	［p］	［pʻ］	［b］	［hm］	［m］		
舌尖音	［t］	［tʻ］	［d］	［hn］	［n］	［hl］	［l，r］
舌尖塞擦音	［ts］	［tsʻ］	［dz］			［s］	
舌根音	［k］	［kʻ］	［g］	［hng］	［ng］		
喉音	［ʔ］					［h］	
圓唇舌根音	［kw］	［kʻw］	［gw］	［hngw］	［ngw］		
圓唇喉音	［ʔw］					［hw］	

李方桂認為上古韻部的構擬，「通押的和構成諧聲系列的必須有同樣的元音，構擬出來的元音系統必須能說明《切韻》系統中的一切區別。」〔註10〕這個元音系統有四個主要元音：［i］、［u］、［ə］、［a］，另有三個複合元音：［ia］、［iə］、［ua］。

〔註 9〕李方桂著《上古音研究》，北京：商務印書館 2003 年 9 月版，第 50 頁。

〔註10〕李方桂著，葉蜚聲譯《上古漢語的音系》，《當代語言學》，1979 年第 5 期，第 23 頁。

表 6.6　李方桂上古漢語韻部表

	[g、k]	[ŋ]	[gw、kw]	[ŋw]	[b、p]	[m]	[d、t]	[n]	[r]
[u]	侯	東	○	○	○	○	○	○	○
[i]	佳	耕	○	○	○	○	脂	真	○
[ə]	之	蒸	幽	中	緝	侵	微	文	○
[a]	魚	陽	宵	○	葉	談	祭	元	歌

　　黃典誠先生認為上古元音系統應有 [ɯ] 的地位，而李方桂和王力構擬的元音系統都不能說明南方方言中廣泛存在 [ɯ] 的言語事實。不過，李方桂的研究視野更廣闊，他與前輩學者不同的是：把眼光投向漢語產生和發展的語言大環境，著力於與漢語有親屬關係的美洲印第安語、藏語、侗臺語的比較研究。上世紀 50 年代以來，隨著漢藏比較和梵漢對音研究的深入，法國奧德里古（A. G. Haudricourt）、俄國雅洪托夫（S. E. Yakhontov）、加拿大蒲立本（E. G. Pulleyblank）、美國包擬古（N. C. Bodman）、雅洪托夫的學生斯塔羅斯金（S. A. Starostin）、包擬古的學生白一平（W. H. Baxter），以及海外華人學者周法高、梅祖麟，都在漢語與親屬語言比較方面取得豐碩成果。有的學者追溯到漢語更早的形態，例如法國的沙加爾自 1986 年以來發表了一系列論文《論去聲》、《漢語南島語同源論》、《漢語與南島語間親屬關係的證據》等等，提出在同源詞中漢語音節與南島語單詞末尾的重讀音節相對應，進而建立南島語 [-s]、[-q] 與漢語去聲、上聲的對應關係，探討漢語聲調的起源。

　　長期停滯於上古韻部的研究有了進展，據鄭張尚芳《上古音研究十年回顧與展望（二）》（《古漢語研究》1999 年第 1 期）的介紹，有的學者已經深入到上古韻類的研究，並且取得初步成果。

　　1. 斯塔羅斯金韻母系統（分 57 韻類）

表 6.7　斯塔羅斯金上古漢語韻母系統

	[-P　-m]		[-t　-n　-r]			[-k　-ŋ　-ø]			[-c　-j]		[-kw　-w]	
[i]	緝B	侵B	至	真	○	○	○	○	脂F	脂B	沃B	幽B
[e]	葉B	談B	月B	元B	○	錫	耕	支	祭B	脂D	藥B	宵B
[ə]	緝A	侵A	質A	文A	文C	職	蒸	之	脂E	脂A	○	○
[a]	葉A	談A	月A	元A	元D	鐸	陽	魚	祭A	歌A	藥A	宵A
[u]	○	○	質B	文B	文D	沃A	中	幽A	脂C	脂C	○	○
[o]	○	○	月C	元C	元E	屋	東	侯	祭C	歌B	○	○

2. 白一平韻母系統（分 53 韻類）

表 6.8　白一平上古漢語韻母系統

	[-j　-t/ts　-n]			[-Ø　-k　-ŋ]			[-w　-wk　-m　-p]			
[a]	歌	月/祭	元	魚	鐸	陽	宵	藥	談	盍
[e]	（歌）	月/祭	元	支	錫	耕	宵	藥	談	盍
[o]	歌	月/祭	元	侯	屋	東	○	○	談	盍
[u]	微	物	文	幽	覺	冬	○	○	侵	緝
[i]	脂	質	真	○	職→質	蒸→真	幽	覺	侵	緝
[ɨ]	微	物	文	之	職	蒸	○	○	侵	緝

3. 鄭張尚芳韻母系統（分 58 ［64］韻類）

表 6.9　鄭張尚芳上古漢語韻母系統

	[-Ø　-g　-ŋ]			[-u　-ug　-b　-m]				[-l/-i　-d　(-s)　-n]			
[i]	脂豖	質節	真電	幽黝	覺弔	緝揖	侵添	脂齊	質	[至]	真
[ɯ]	之	職	蒸	幽蕭	覺肅	緝澀	侵音	微尾	物迄	[隊]氣	文欣
[u]	幽媰	覺睦	終	×	×	緝納	侵枕	微灰	物術	[隊]	文諄
[a]	侯	屋	東	宵夭	藥沃	盍乏	談	歌戈	月脫	[祭]兌	元算
[o]	魚	鐸	陽	宵	藥	盍贛	談	歌	月曷	[祭]泰	元寒
[e]	支	錫	耕	宵堯	藥的	盍夾	談兼	歌地	月滅	[祭]	元仙

　　親屬語言的比較研究實質上就是把眼光轉向上古漢語所處的生態環境，在上古漢語所處的生態環境中尋找突破點。研究主體不能解決的問題，通過對與主體有關的客體比較來發現相似的現象或規律，這是不得已的辦法。研究者應該明白：無論藏緬語、苗瑤語、侗臺語，還是南島語，它們都不是三千年前的古語，現在用來與漢語比較的親屬語言，同樣經歷了數千年的嬗變。由於漢語、藏緬語、苗瑤語、侗臺語、南島語所處的生態環境不同，各種語言與各自所處的生態環境中的各種因子相互作用情況不一，因此不可能同步變化發展。最明顯的事實是漢語與其他親屬語言各自擁有關係密切的不同文化系統，使用漢語的人群系統在思惟方式、文化心理、言語習慣諸方面都與其他親屬語言差距很大，這就不可避免地影響到語言對生存策略、進化路線的選擇。因此，某些親屬語言存在的言語特徵，不能把它都當做原始母語的特徵硬套在漢語頭上。直言之，某些親屬語言具備的特徵，完全可能是在時間的長河中與特定環境相互作用相互協

同而產生的隨機變異，而非數千年前的原始面貌。漢語與親屬語言的比較很難分清哪些特徵是原始母語具有的，哪些特徵是在嬗變過程中後出的。例如在同源詞比較中，如果因為親屬語言都有某一特徵，就論定漢語也必須具有同樣的特徵，怎樣判定這種特徵是原始母語的，還是親屬語言在嬗變過程中後出的？反之，漢語具有的特徵，能不能硬套到親屬語言頭上？

上古音研究自北宋末年迄今幾近千年，取得了顯著的成績，並推動了相關學科的發展，不過，缺陷也是明顯的。從《詩經》時期上溯殷商下貫三國兩晉南北朝，一言以蔽之曰「上古音」是很不科學的。隨著時間的推移，漢語流行的地域也在不斷改變，不分時段不分地域的研究傳統阻礙了古音學的發展。近年來，不少學者利用出土的甲骨文、青銅器銘文、竹木簡和其他出土文物的文字資料展開了上古音分期分域的研究，在殷商語音研究、西周金文音系研究、戰國各地方言研究和秦漢語音研究方面獲得了初步成果。值得重視的是：不少學者利用已識的甲骨文諧聲與通假材料構擬殷商語音系統，為探索《詩經》以前的上古漢語語音做出了有益的嘗試。根據劉釗、葉玉英《利用古文字資料的上古音分期分域研究述評》（《古漢語研究》2008 年第 2 期）一文提供的材料，茲將具有代表性的殷商音系研究成果簡介如下：

趙誠於 1984 年首先把甲骨文用於商代音系研究，他確定甲骨文中具有假借或諧聲關係的兩個字讀音相同，然後根據這類資料作出推斷。結論是：

1. 聲母方面：清濁不分；無舌擦音；商代同音後世聲母各異的情況可用複輔音來解釋；某些字的音讀是多音節的，即兩個音節的，有兩個輔音兩個元音。

2. 韻母方面：商代無入聲，陽聲韻可能是一種鼻化元音。

3. 商代似乎不分四聲。

趙誠認為商代音系的聲母系統沒有濁音音位和舌擦音，但有複輔音；韻母系統沒有鼻音韻尾，《詩經》時期的陽聲韻在殷商時期可能是韻腹鼻化；沒有辨義的聲調調位。

陳振寰以 431 個甲骨文形聲字、部分假借字以及早期金文中的形聲字、假借字為基本材料整理出《甲骨文諧聲字韻母關係統計表》和《甲骨文諧聲字聲母關係統計表》。根據這兩個表，他得出了如下結論：

聲母 17 個：幫、並（滂）、明、端（章）、余（透、定、昌、船）、泥（日）、

來、精（莊）、從（清、初、崇）、心（生、書）、邪（禪）、見（溪）、群、疑、匣、影、曉。

韻母：1. 上古後期韻部的劃分情況大體適合於上古前期。2. 上古前期已經存在陰、陽、入三類韻母，而且陰、入兩類差別明顯。入聲韻尾可能是合一的，即不分［-p］、［-t］、［-k］三類。

陳振寰認為：

1. 商代音系的聲母系統沒有送氣清塞音。

2. 章、莊兩組還沒有從端、精組分化出來。

3. 沒有複輔音聲母。

4. 商代音系的韻部與《詩經》時期的韻部大致相同，但還沒有分化出［-p］、［-t］、［-k］三種輔音韻尾。

管燮初以中古音為基準分析統計 448 個諧聲字，制定出《甲骨文形聲字聲母諧聲頻率統計表》，並採用幾率統計，計算各個聲系（組、母）諧與被諧的機遇相逢數，再與實際相逢數對照。實際相逢數小於機遇數的諧聲是偶然現象，反之則屬正常諧聲，有音理關係。結論是：

聲母有 34 個：幫、滂、並、明、端甲（端知）、透甲（透徹）、定甲（定澄）、泥甲（泥）、來、以（以 1）、端乙（章 2）、透乙（昌 2）、定乙（船 2 書 2）、泥乙（日 2）、精（精莊）、清（清初）、從（從崇）、心（心生）、邪甲（邪母）、邪乙（以 2）、章（章 1）、昌（昌 1）、船（船 1）、書（書 1）、禪（禪 1）、日（日 1）、見、溪、群、疑、曉、匣（匣云 2）、影、云（云 1）。

韻部有 22 個：之、蒸、幽、中、宵、侯、東、魚、陽、佳、耕、歌、祭、元、微、文、脂、真、葉、談、緝、侵。

管燮初認為商代音系聲母系統有章組無莊組，也沒有複輔音聲母。韻部少於春秋時期的《詩經》音系。

陳代興將已識的 900 餘個甲骨文字分別置於一個以傳統 41 聲類為經，以王力所分 30 部為緯的表格中，逐個標出其中古時代的聲、韻、等、呼，此外把已經確認的通假字以及有語音關聯的關係字在唐宋以至周秦時代的語音概況分別列表說明，然後根據這兩個表考求商代的語音系統。結論是：

聲母：

1. 單聲母有：幫、並、明、端、定、泥、來、精、從、心、邪、見、群、

疑、曉、匣、影。

2. 複輔音聲母有：［kd］、［hd］、［kl］、［hl］、［ŋl］、［pl］、［ml］、［pd］、
［ph］、［mh］。

3. 韻部：之、蒸、幽、侯、東、魚、陽、耕、歌、月、元、真、文、緝
葉、侵談。

4. 沒有辨義的聲調調位。

陳代興認為商代音系沒有送氣清塞音，也沒有章組和莊組，這和陳振寰意
見相同。他還認為商代有複輔音，沒有聲調，這與趙誠看法一致。韻部比春秋
時期的《詩經》音系簡單。

何九盈以甲骨文中能夠說明複輔音形態特徵的資料為本證，再從後世的文
獻資料、語言資料中尋找有關的材料作為旁證，把這兩種材料結合起來，對商
代複輔音聲母進行全面擬測。他為商代音系構擬了 32 個複輔音聲母，分為四種
類型：

甲、清擦音［s］和其他輔音的結合：［sp］、［sp'］、［sb］、［sm］、［st］、
［st'］、［sd］、［sn］、［sr］、［sl］、［sk］、［sk'］、［sg］、［sng］；

乙、帶［l／r］的複輔音聲母：［pl］、［pr］、［p'r］、［br］、［mr］、［t'r］、
［kl］、［kr］、［k'r］、［gl］、［gr］；

丙、章組與舌根音相同：［klj］、［k'lj］、［glj］；

丁、其他：［ʔk］、［ʔr］、［mg］、［ng］。

以上五位學者的研究結論，有的意見比較接近，有的則剛好相反，比如趙
誠認為商代韻部陰聲入聲不分，陽聲韻是鼻化音，陳振寰卻認為陰、陽、入
三類韻部分立，陰聲韻入聲韻兩類差別明顯。看來商代韻部的探索仍然停滯
於《詩經》韻部的研究水平，遠未能深入到韻母層次。448 個諧聲字再加上一
些假借字，僅靠這樣一點材料本來就不可能整理出完整的音系，儘管現有的
結論離擬出完整的音系還差得太遠，但畢竟描寫了一個大致的面貌。

綜觀自顧炎武以來三百多年的上古音系研究，目前已知漢語上古語音是
由聲調、聲母和韻部構成的系統，這個系統並非漢語語音的原始形態，而是
由黃河下游興起，滅掉華夏民族所建夏朝的東夷民族的語音系統。東夷民族
的首領契曾幫助華夏民族的首領禹治水有功而受封於商邑，這兩個民族不可
能沒有接觸，那麼，東夷民族的語音系統在多大程度上受到華夏民族語言的

影響？華夏民族的語音系統是什麼格局？這都不得而知。假如施萊赫爾語言分類譜系法符合歷史事實，原始藏緬語、苗瑤語、侗臺語、南島語、乃至阿爾泰語，作為影響原始漢語存在和發展的環境因子，在不同時段的上古漢語音系裏一定有不同程度的反映。通過近年來中外學者在親屬語言與漢語比較研究中所積累的成果，有助於瞭解上古漢語音系的主要生態特徵。

上古漢語語音最顯著的生態特徵是聲調。從親屬語言看，原始漢語沒有聲調，而殷商語言已出現聲調，這種聲調可能是語流中韻尾弱化的一種自然補償，沒有辨義功能，但是隨著社會環境的複雜化，人群系統思惟方式、發音習慣和社會交際的需要，這種自然音變在特定環境因子作用下逐漸向著功能化的趨勢發展。在《詩經》音系中，殷商時期不辨義的聲調已經具有辨義功能。

鄒曉麗等人合著的《甲骨文字學述要》第三章考察徐中舒主編《甲骨文字典》，得出 2703 個甲骨文單字中有 2087 個單字只表示一個語義，而商代卜辭中沒有發現聯綿詞，她們認為：「古漢字是一個字形記錄一個音節」，「當時的語言更是單音綴詞占絕對優勢，其複音詞不僅尚未定型，而且數量也遠沒有後來的漢語中那麼多」。殷商漢語單音節化已經改變了原始漢語多音節的性質，但是趙誠認為商代甲骨卜辭一個單字有的可能對應兩個音節，如果兩個音節元音之間的輔音在語流中失落，雙音節就會變成單音節。這只能理解為原始漢語遺留在殷商漢語中的殘餘現象。為了解釋甲骨文中一個單字在後代有多種讀音的現象，不少學者認為殷商漢語有複輔音聲母，儘管絕大多數一字多音並不是複輔音聲母分化造成的，但甲骨文中確實有複輔音存在的跡象。如「令」字，後來又添加「口」造出一個「命」字，「命」、「令」這兩個單音節漢字的讀音，由 [ml-] 分化為 [m-]、[l-] 的可能性很大，但在殷商後期的甲骨文中「命」、「令」共存，這就意味著分化已經完成，單輔音音節已經成為主流，殷商聲母系統中是否存在何九盈構擬的那麼多成系統的複輔音，值得進一步研究。

殷商時期聲母系統的生態特徵是沒有送氣清塞音，換句話說，送氣不送氣是自由變體，還沒有成為能夠辨別語義的音位。章、莊組也還沒有從端、精組分化出來。到《詩經》音系，送氣不送氣已經發展為各自獨立的音位，複輔音聲母已基本消失。黃宇鴻《從〈詩經〉看古代聯綿詞的成因及特徵》〔註 11〕一

〔註 11〕黃宇鴻《從〈詩經〉看古代聯綿詞的成因及特徵》,《河南師範大學學報》（哲學社會科學版），1999 年第 26 卷第 6 期，第 78～81 頁。

文指出：「《易經》中的聯綿詞寥寥無幾，《尚書》有聯綿詞十多個，《論語》大約二十個左右，《孟子》亦不足三十個。」「據杜其容《毛詩連綿詞譜》統計，《詩經》中出現的聯綿詞共有 124 個，且使用頻率相當高，在不同文句中出現，總數約為 40 次。朱廣祁的《詩經雙音詞論稿》列舉《詩經》中的聯綿詞則為 138 個。又據駱紹賓《楚辭連語釋例》約略統計，《楚辭》中出現的聯綿詞大約超過 150 個。由此可見，《詩經》的詞彙，仍以單音詞佔優勢」。甲骨卜辭中不見聯綿詞的蹤影，數百年之後，《詩經》和《楚辭》裏出現了數以百計的雙音聯綿詞，這絕非偶然，是漢語語音系統有目的有方向的生態運動。有的學者認為聯綿詞是複輔音分化造成的，其實聯綿詞正是複輔音消失之後，單音節向著複音節道路前進的先鋒隊。這個議題本章第二節還會詳細討論。總之，春秋時期無論韻文還是散文，雙音語詞剛剛才冒頭，單音節為主是客觀事實，這一時期構築了漢語單音節的牢固基礎。

上古漢語嬗變至今分化為數以千計的漢語方言，其韻母的形態令人眼花繚亂，殷商音系的韻部陽聲韻可能是鼻化韻，入聲韻尾尚未分化為三類，到《詩經》音系，韻部系統內陽聲韻已經有［-m］、［-n］、［-ŋ］三類，入聲韻尾［-p］、［-t］、［-k］也三類分立，陰聲韻、入聲韻、陽聲韻構成《詩經》音系的韻部格局。眼下對韻類的研究較之韻部前進了一步，各家對上古韻類的構擬意見不一，而且膠著於對應中古《切韻》音系，只要《切韻》有的韻類，上古必要擬出與之對應的韻類，似乎不這樣就不能交代中古韻類的來源，基本上沒有考慮漢語所處的複雜生態環境在語流音變中所起的作用，這種作用是音系變革的推動力，足以創造出上古沒有的新韻類。現在只能說還有待深入研究。

三、中古漢語音系的生態特徵與嬗變

中古漢語音系的研究主要以隋代陸法言的《切韻》為依據，這是不爭的事實。《切韻》能代表中古音嗎？中古時間跨度大，覆蓋地域範圍廣，《切韻》不可能反映在那麼長的時段裏在那麼廣袤的地域上流行的千姿百態的漢語。但是要研究中古音又不得不依據《切韻》，因為找不到比《切韻》更可靠更系統的材料。

王力晚年所著的《漢語語音史》（商務印書館 2010 年 12 月版）把漢語語音的歷史劃分為九個時期，即（1）先秦音系；（2）漢代音系；（3）魏晉南北朝音

系；（4）隋——中唐音系；（5）晚唐音系；（6）宋代音系；（7）元代音系；（8）明清音系；（9）現代音系。按理，研究隋——中唐音系應以《切韻》為重點，但是，他認為《切韻》不是一時一地之音，於是乾脆撇開《切韻》，利用《顏氏家訓‧音辭篇》和南北朝詩歌用韻來構擬魏晉南北朝音系，利用陸德明《經典釋文》和玄應《一切經音義》的反切來構擬隋唐音系，利用南唐朱翱的反切來構擬晚唐音系。這種做法拓展了研究中古音的語音材料來源，改變了純粹依靠《切韻》系韻書的狹隘局面，然而也引出了一些重要問題：幾個方言能構成一個音系嗎？某個漢語方言能代表漢語嗎？顏之推是湖北江陵人，南北朝各個詩人籍貫及所用語言也不一致，用這些不同方言語音的材料構擬出來的音系，固然不是一時一地之音，但這樣的音系能代表魏晉南北朝的漢語語音嗎？陸德明是蘇州吳縣人，而玄應是北方人，二者的反切顯然不是同時同地之音。朱翱反切反映的是當時的通語呢還是方言？如果缺乏其他材料的支持，很難說朱翱反切能代表晚唐音系。

居思信也撇開《切韻》，根據唐代 60 個詩人的 7000 多首詩歌構擬出中古韻部系統。這種方法與利用《詩經》作品構擬上古韻部遇到的是同樣的困難，眾所周知，從古到今詩歌只要是韻母的語音相近就可押韻，若干語音相近的韻母都可充當韻腳，構擬出來的韻部究竟包含多少韻母不得而知。何況數十個人的籍貫及所用語言也不一致，其中包含多少方言成份也難分清。

不過，近年來中古音的研究確實有了新的進展，研究者已經不再侷限於《切韻》系韻書的藩籬，不但利用古籍反切和詩文用韻歸納音系，而且在敦煌文獻音注方面出版了張金泉、許建平的《敦煌音義匯考》（杭州大學出版社，1996 年12 月），從各種敦煌文獻中鉤沉輯佚，考訂 600 多件敦煌音義寫卷，為研究唐代西北地區的真實語音提供了豐富的研究資料。另外，利用漢藏對音，梵漢對音，西夏語漢字注音，日語漢字讀音中的吳音、漢音、唐音以及慣用音的研究，漢越語、朝鮮語與《切韻》重紐的比較研究，契丹、突厥、女真借詞的研究，從不同視角觀照《切韻》音系，使中古音的研究更接近於當時的語言實際情況。

章太炎、羅常培、史存直、何九盈等不少學者，根據陸法言《序》中說「因論南北是非，古今通塞，欲更捃選精切，除削疏緩」，遂認為《切韻》是包羅古今南北語音的綜合音系。儘管王力贊同章太炎《國故論衡‧音理論》「《廣韻》所包，兼有古今方國之音」的觀點，認為《切韻》非一時一地之音而根據另外

的材料構擬中古音系，但是他構擬上古音系仍然不得不據《切韻》音系倒推，這說明《切韻》對於研究中古音具有何等重要的地位。

更多學者承認《切韻》音系確實吸收了一部分古音和方言，但吸收的成份必須服從音系的格局構成完整的體系，絕非雜湊。《切韻》音系的主體代表的是一種能宣諸唇吻的活的語言。不過，究竟代表的是何種語言，意見不一。高本漢認為是長安音，陳寅恪認為是永嘉之亂前的洛陽舊音，邵榮棻把何超的《晉書音義》與《切韻》進行比較之後，得出的結論是《切韻》代表的是以洛陽話為基礎，永嘉之亂後吸收了金陵音特點的音系。

持綜合音系看法的學者認為，現代漢語諸方言的韻母一般都是幾十個，而《廣韻》多達 206 韻，沒有現實可能性，顯然是古今南北語音綜合的結果。邵榮棻針鋒相對地指出：現代漢語方言中音系複雜的不少，臨川話有 263 個韻母，潮州話有 308 個韻母，而廣東話的韻母則有二百五六十個之多。因此，不能說漢語不可能有《切韻》那麼複雜的音系。〔註12〕

上世紀 60 年代，《中國語文》曾發表過關於《切韻》性質不同見解的若干論文，歸納起來不外三種看法：一種是堅持章太炎先生《國故論衡·音理論》的觀點，認為《切韻》是古今南北語音的雜湊，以黃淬伯、何九盈為代表；另一種觀點認為《切韻》反映一時一地的語音系統，以邵榮棻、王顯為代表；第三種觀點認為《切韻》音系是六世紀文學語言的語音基礎，這是周祖謨先生的看法。從那時到現在，半個世紀過去了，《切韻》性質的探討沒有任何進展。當代學者不但沒能提出超越前輩的理論或材料，而且日益顯得沒落式微。有人竟然認為「它的音系就成了一個沒有實在環境的空架子，過細的音類分析，沒有明確的音值讀法，所以就失去了它存在的客觀基礎，也就避免了滅亡的命運。」〔註13〕如果《切韻》真是不能宣諸唇吻的空架子，沒有明確的音值讀法，必然失去其存在的客觀基礎與使用價值，那麼，它豈能避免滅亡的命運，我們今天豈能見到它，研究它？對這樣一個最基本也是最根本的問題至今仍然存在如此看法，不能不說是音韻學者的悲哀。

說到《切韻》性質，黃典誠先生一次從上海開會回來，提起與他的好友史

〔註12〕劉歡《〈切韻〉音系性質研究綜述》。《青春歲月》，2013 年 12 月（上）第 113 頁。
〔註13〕張玉來、徐明軒《論〈切韻〉語音性質的幾個問題》，《徐州師範學院學報》（哲學社會科學版），1991 年第 3 期，第 81 頁。

存直先生的觀點分歧，他說在會間休息時曾主動與史先生討論《切韻》性質，然而史先生笑而不答。會後有幾位史先生的門生到賓館來拜望黃典誠先生，閒談中提到這個敏感話題，異口同聲主張《切韻》是古今南北雜湊的音系，並且舉出證據。先生聽他們講完之後說，任何語言的語音系統都有嚴整的結構規律，任何語言的語音系統都不可能不吸收其他語言的語音成份，這個基本觀點你們能接受嗎？既然沒有異議，陸法言和蕭、顏等人能夠把古代的語言成份和當時的南北方言成份雜湊成《切韻》這樣嚴整的語音系統嗎？不要說一千多年前的陸法言，即使當今通曉現代語音學的學者，誰能有這樣的本事？從語言學的常識講，說《切韻》是古今南北雜湊的音系本身就是一個自相矛盾的命題。那麼，又如何理解《切韻》中確實存在古代的語言成份和當時的南北方言成份呢？黃先生指出，《切韻》吸收這些語言成份並非雜亂無章地拼湊，而是嚴格按照《切韻》音系的結構規律有條不紊，按部就班，各就各位。外來語言成份與《切韻》不合的，必須按《切韻》音系的結構規律加以折合吸收，亦即《切韻序》所謂「參校方俗，考核古今，為之折衷」，這樣才能保持《切韻》嚴整的語音系統。史先生的門生們聽了都十分佩服，他們說，如果沒來拜望黃先生，會一直以為《切韻》是綜合音系，只是今後在學術上如何面對自己的導師呢？黃先生說：「你們都是史先生的好學生，學生應當尊敬老師，更應當尊重真理。說句老話：『吾愛吾師，吾更愛真理』。」

1982 年 3 月，邵榮棻的《切韻研究》出版，邵書以何超《晉書音義》反切音系作為論證《切韻》音系的語音基礎是洛陽話的證據，在聲韻兩方面都存在困難。就聲紐來看，陸法言時代北方人從邪兩紐判然有別，當時南方的金陵才是「以錢為涎」。《晉書音義》端知、泥娘（邵榮棻主張《切韻》泥娘分立）、從邪、精莊混切，而《切韻》從邪、精莊疆界分明，絕不混淆。

韻母方面困難更多。《晉書音義》反切系統東一等與冬不分，魚虞相混，之、脂、支開口不分，刪山混淆，覃與談，咍與泰的開口，皆與夬的開口都是相混的。這樣的含糊與《切韻》分韻的精審形成鮮明對比。就重紐而論，《晉書音義》僅有祭、質兩韻系的重紐能分，其他概不能分。不能設想，《切韻》的九個重紐韻系（黃典誠先生認為清韻系有重紐）僅過了一百多年就消磨殆盡了。邵榮棻既然認為支、脂、真、鹽四韻系重紐三、四等喉牙音的區別直到《古今韻會舉要》中都還保留著（《古今韻會舉要》中所謂重紐的分別實際上是中古三、四等

的分別），況且，唐代漢越語中《切韻》九個重紐韻系唇音的區別井然不亂（潘悟雲、朱曉農《漢越語和〈切韻〉唇音字》，《語言文字研究專輯》（上）），為什麼《晉書音義》卻無跡可尋？還有真臻、嚴凡的問題，這幾個韻系《晉書音義》不能分，《切韻》能分。邵榮棻主張《切韻》真臻相并、嚴凡合一，因為他認為真與臻，嚴與凡，都「是在一定聲母條件下的異調異讀」。〔註14〕《晉書音義》這些韻的混淆似乎正好支持合併說，其實不然。

真臻與嚴凡性質不同。真韻系是三等寅類韻，臻韻系是獨立二等韻，嚴凡是開合不同的子類韻。陸法言為什麼不把臻櫛韻乾脆并入真韻系？臻、真莊組聲母字反切下字分組，證明在法言時代這兩個韻系韻母主元音音值顯然有別，這種區別很可能是二等變三等的歷史遺痕。臻韻主元音大約是 [ε]，真韻主元音大約是 [i]，二等臻由於聲母弱化帶出 [i]，[i] 又使它後面的 [ε] 高化，於是由 [εn] 變為 [in]。臻韻莊組平入聲字由於語音演變的不平衡性，在《切韻》時代還是洪音，因此法言寧肯讓它們單獨分立，而不肯將洪細迥別的韻混為一談。至於嚴凡則完全是另一回事。嚴、凡兩韻系字數很少而法言卻讓它們自立門戶，是有道理的。從歷史源流看，嚴韻來自上古談部，凡韻來自上古侵部，源流本自不同。從上古到中古，漢語音韻在強弱不平衡中發展演化。〔註15〕在《切韻》音系中，嚴韻（弱聲強韻）是與鹽韻三等重紐 B 類（強聲弱韻）相配的子類韻，凡韻（弱聲強韻）是與侵韻三等重紐 B 類（強聲弱韻）相配的子類韻。它們之間疆界井然，不存在異調異讀問題。如將其合併，既違反了《切韻》審音辨韻原則，更破壞了嚴整的重紐體系。如果《切韻》音系的基礎真是一時一地的洛陽音，法言及八位學者大可不必作徹夜談，那還用得著論「南北是非，古今通塞」，用得著蕭、顏「多所決定」嗎？

在隋統一之前，中國社會長期出現南北對峙局面。北方的政治經濟中心在洛陽，南方則為金陵。永嘉之亂，懷愍亡塵，河洛故國之音，流播虎踞龍蟠之所。自茲而後，兩地音聲，積微而漸，分道揚鑣。自洛陽語音而言，已不復為河洛舊音原貌；從金陵語音考究，河洛古音已有變異。要得出一個真實反映河洛舊音的音系，非得金陵與洛下互為參證不可。南音能辨則從南，北音能分則

〔註14〕邵榮棻著《切韻研究》（校訂本），北京：中華書局，2008 年 12 月版，第 88 頁。

〔註15〕黃典誠《漢語音韻在強弱不平衡律中發展》，載《黃典誠語言學論文集》，廈門：廈門大學出版社，2003 年 8 月版，第 47～91 頁。

從北，故法言與蕭、顏等八位學者共同討論，斟酌取捨。顏之推何以知「南人以錢為涎，以石為射，以賤為羨，以是為舐」之非，所據是北音判然有別；又何以知「北人以庶為戍，以如為儒，以紫為姊，以洽為狎」之誤，依據的是南音界限分明。法言及八位學者所做的實質上是古河洛音系的恢復與重建工作，與「古今南北雜湊」是性質完全不同的兩回事。黃典誠先生打了一個比方，閩人的祖先把河洛舊鄉的語音從中原帶到閩地來，自福州與泉州分治，泉州依然保持舊音。後來由泉州分出漳州，閩南話內部開始分化。明末清初，廈門崛起，鴉片戰爭後閩南方言遂成泉、漳、廈鼎足三分之勢。要重建完整的古閩南方言音系，非得三地互為參證，斟酌取捨不可。這樣恢復重建的音系，能說它是「古今南北雜湊」嗎？

上文提到重紐，迄今對重紐三、四等區別的研究，不出韻母範圍，目前較多學者認為是介音的區別。邵榮棻認為重紐兩類的區別在於〔i〕介音的鬆緊，即重三與重四「介音的區別在於舌位略低略後一些」。〔註16〕這只是理論設想，要憑聽覺分辨介音的鬆緊實在不可能。但是顏之推在《顏氏家訓・音辭篇》裏說：「岐山當音為奇，江南皆呼為神祇之祇。」「岐」、「奇」同音而與「祇」不同音，可見重紐三、四等的區別是活生生的語音差別。說者宣諸唇吻，聽者耳熟能詳，這是介音鬆緊說無法解決的困難。

陸志韋《古音說略》首先提出知莊組與重紐三等為一類，精章組、日母與重紐四等為一類。歐陽國泰對原本《玉篇》殘卷重紐的研究印證了陸志韋的這個結論。歐文指出：「根據《切韻》（王三）所作的統計，精章日三組用作重紐三、四等切下字的共 57 次，其中用作重紐三等的僅 11 次，占 20%弱，用作重紐四等的有 46 次，占 80%強。知莊組用作重紐三、四等切下字的共 10 次，其中 7 次用於重紐三等，3 次用於重紐四等。《萬象名義》這一點表現得尤為突出。根據周氏《音系》所列重紐切語統計，精章日三組作切下字的共 75 次，用於重紐三等的才 6 次，只占 8%；用於重紐四等的有 69 次，占 92%。知莊組出現 18 次，全部用於重紐三等。原本《玉篇》殘卷重紐切語中，精章日三組共出現 30 次，用於重紐三等的有 7 次，占 23%；用於重紐四等的有 23 次，占 77%。知莊組共出現 12 次，用於重紐三等的共 11 次，占 92%，用於重紐

〔註16〕邵榮棻著《切韻研究》（校訂本），北京：中華書局，2008 年 12 月版，第 144 頁。

四等的才 1 次，占 8%。」〔註17〕

　　邵榮棻不同意陸志韋的結論，他主張重紐三等和舌齒音為一類，重紐四等單獨為一類。主要理由有：

1. 《古今韻會舉要》中，B 類（邵文指重紐三等）喉牙音和舌齒音同一字母韻，A 類（邵文指重紐四等）喉牙音獨立。

2. 《蒙古字韻》對音，B 類喉牙與舌齒同韻母，A 類喉牙對音不同。

3. 福州等地方言中，支、脂、真合口 B 類牙音與舌齒同韻母，A 類牙音韻母不同。〔註18〕

這些理由實際上都是靠不住的。

　　如果《切韻》重紐兩類的區別在於 [i] 介音的鬆緊，這在法言時代要憑耳朵分清重紐兩類已不可能，再過六百餘年之後這種「區別」竟然能保存在《古今韻會舉要》中，豈非咄咄怪事。那麼，《舉要》中支、脂、鹽的 B 類喉牙與舌齒音同一字母韻，A 類和獨立四等喉牙另屬一字母韻，這又如何解釋呢？

　　以中古支、脂兩韻系開口為例，它們在《古今韻會舉要》中的情況是按聲類的差別歸韻的，這是《舉要》的顯著特點。為了顯示聲母之間的差別，自然就出現了與各種聲母搭配的不同韻類。韻類代表字不同，《蒙古字韻》八思巴對音不同，不能證明韻母的實際音值有差別。具體說來，在「羈」、「雞」兩字母韻中，歸併趨勢主要是四等併入三等。重紐 A 類及齊韻系的喉牙音沒有列入「羈」字母韻，卻獨立為「雞」字母韻，自照顧中古「等」的角度而言，這種安排體現了中古支、脂兩韻系開口見組聲母下三、四等旳差別；從反映當時實際語音的角度著眼，則是用不同的字母韻的對立來顯示見組聲母的強弱之別。如果僅僅根據《蒙古字韻》的對音 ei、éue、ém 不同於 i、ue、em 就斷定 A、B 兩類韻母音值不同，那是不符合《舉要》語音的實際情況的。é 在《舉要》中的情況比較複雜，不過在支、脂韻系開口，它作為見組聲母齶化符號的性質是明顯的。《舉要》見組聲母已出現齶化證據有二：

1. 中古開口二等喉牙音下帶■介音的韻與同來源但不帶 i 的韻構成對立。如「嘉■a」與「牙 a」。

〔註17〕歐陽國泰著《原本〈玉篇〉殘卷反切考》，廈門大學研究生畢業論文，1984 年 10 月油印本，第 70 頁。

〔註18〕邵榮棻著《切韻研究》（校訂本），北京：中華書局，2008 年 12 月版，第 82～84 頁。

2. 疑影二母在開口二等已變為喻 j、幺ʲ 兩母，顯然為齶化輔音，與見溪曉匣構成對立。三等韻的情況亦復如是。

《舉要》把支、脂開口重紐 B 類喉牙音及 A 類唇音與舌齒音同列「羈」字母韻，證實了 A、B 兩類的音值沒有不同。看來《古今韻會舉要》對 A、B 兩類的排列法及《蒙古字韻》對音都難以成為邵榮棻分類的依據。

至於用福州等地方言中的一些開合例子，來說明重紐 A、B 兩類的區別，本來就很勉強，何況所舉例子又互相矛盾，這就更加顯示了這種分類法的不可靠。

在公認與《切韻》音系比較接近的閩南方言中，邵榮棻所舉福州等地 A、B 不同類的全部 16 個例字，毫無例外地一邊倒，完全沒有分組的端倪：

麕 ₋kun	窘 kun⁼	均 ₋kun	鈞 ₋kun	春 ₋tsʻun	旬 ₌sun
虧 ₋kʻui	跪 kui⁼	規 ₋kui		吹 ₋tsʻui（₋tsʻe）	垂 ₌sui（₌se）
龜 ₋kui	軌 ˪kui	葵 ₌kui		追 ₋tui	水 ˪tsui

而注文中所舉的 6 個相反例子，也同福州附近的壽寧話以及閩南話相合：

	巾	銀	緊	因	陳	津
壽寧	₋kyŋ	₌ŋyŋ	˪kiŋ	₋iŋ	₌tiŋ	₋tsiŋ
閩南	₋kun	₌gun	₋kin	₋in	₌tin（₌tan）	₋tsin

對福州話中重紐 B 類獨立，A 類與舌齒音關係密切的現象，邵榮棻解釋說：「福州『陳』早期很可能是 [tyŋ]，後來在聲母 [t] 的影響下，變成了 [tiŋ]。這從福州『忍』讀 [yŋ] 也可以得到證明。」〔註19〕這種揣想是不符合福州話語音演變規律的。符合實際的說法應當是：「陳」、「忍」《切韻》時代韻母是 [-in]，福州與泉州分家後，閩南話仍然保持了《切韻》時代的 [-in]。今福州話無前鼻韻尾，[-n] 一律變為 [-ŋ]，故福州的「忍」本來是 [-in]，一變為 [-iŋ]，再變為 [-yŋ]，這可以從福州的「人」、「仁」仍讀 [-iŋ] 得到證明。而且福州附近的壽寧、福安「人、仁、刃」也讀 [-iŋ]，「忍」讀 [nyŋ]，「認」讀 [niŋ]，這說明福州的「忍」讀 [-yŋ] 是後起的。也就是說，福州「陳」讀 [tiŋ] 絕不是由 [tyŋ] 變來的。這樣一來，福建諸多方言中三等重紐 B 類獨立，A 類與舌齒音同類的語言事實，就成了邵榮棻分類難以迴避的嚴重障礙。

〔註19〕邵榮棻著《切韻研究》（校訂本），北京：中華書局，2008 年 12 月版，第 84 頁注①。

　　邵榮棻列出的統計材料表明，重紐 A 類所用舌齒音切下字比 B 類所用舌齒音切下字多得多，這是合乎事實的。但是，認為舌齒音用 B 類切下字多於用 A 類切下字就值得考究了。現據李榮先生《切韻音系》提供的《王三》反切材料統計如下：

表 6.10　《切韻》重紐 A、B 兩類所用舌齒音切下字統計表

		舌齒音字反切數	舌齒音字用重紐 A 類作切下字的反切數	舌齒音字用重紐 B 類作切下字的反切數
韻目	支	72	12	21
	脂	67	5	6
	祭	21	0	1
	真	94	14	1
	仙	105	31	9
	宵	35	8	0
	侵	67	1	11
	鹽	44	9	1
總計數		505	80	50
所佔百分比			16%	10%

　　依據同樣的材料，得到的統計結果卻不一樣，原因何在？原來邵榮棻是把喻母三、四等排除在重紐之外進行統計的。喻母三、四等在寅類韻中體現了重紐兩類聲母的強弱之勢，喻三較強，喻四齶化。唐代漢越語中《切韻》重紐 B 類唇音字保持獨立，A 類唇音大部分變為舌齒音的事實，也表明《切韻》重紐 A 類是齶化聲母。這是很有啟發性的。重紐的區別既然只在唇牙喉，唯獨把喻母排除在喉音之外是說不過去的。

　　黃典誠先生根據上古諧聲及《切韻》反切異文又音等材料，揭示了重紐的秘密：重紐 A、B 兩類的區別不在上古來源的不同，也不在 [i] 介音的鬆緊，而在於重紐 B 類是與弱聲強韻的子類韻相對的強聲弱韻；重紐 A 類是與強聲弱韻的獨立四等相對的弱聲強韻。這樣，重紐 A、B 兩類的區別就體現在聲母上。重紐 B 類聲母比較強，是非齶化的；重紐 A 類聲母比較弱，是齶化的。

〔註20〕重紐韻與子類韻及獨立四等韻的具體配合情況如下表：

〔註20〕黃典誠著《切韻綜合研究》，廈門：廈門大學出版社，1994 年 1 月版，第 129～160頁。

表 6.11　重紐韻與子類韻及獨立四等韻配合表

上古《詩》音韻部	中古《切韻》韻目	重紐韻與子類韻及獨立四等韻的配合情況
脂微	脂	脂韻重紐 B 類強聲弱韻——三等純韻微韻弱聲強韻； 脂韻重紐 A 類弱聲強韻——獨立四等齊韻強聲弱韻。
支歌	支	支韻重紐 B 類強聲弱韻——三等純韻歌韻弱聲強韻； 支韻重紐 A 類弱聲強韻——獨立四等齊韻強聲弱韻。
曷質	祭	祭韻重紐 B 類強聲弱韻——三等純韻廢韻弱聲強韻； 祭韻重紐 A 類弱聲強韻——獨立四等屑韻強聲弱韻。
真文	真	真韻重紐 B 類強聲弱韻——三等純韻殷、文韻弱聲強韻； 真韻重紐 A 類弱聲強韻——獨立四等先韻強聲弱韻。
真寒	仙	仙韻重紐 B 類強聲弱韻——三等純韻元韻弱聲強韻； 仙韻重紐 A 類弱聲強韻——獨立四等先韻強聲弱韻。
豪蕭	宵	宵韻重紐 B 類強聲弱韻——三等純韻幽韻弱聲強韻； 宵韻重紐 A 類弱聲強韻——獨立四等蕭韻強聲弱韻。
青陽	清	庚韻三等強聲弱韻——三等純韻陽韻合口弱聲強韻； 清韻唇牙喉弱聲強韻——獨立四等青韻強聲弱韻。
談添	鹽	鹽韻重紐 B 類強聲弱韻——三等純韻嚴韻弱聲強韻； 鹽韻重紐 A 類弱聲強韻——獨立四等添韻強聲弱韻。
侵添	侵	侵韻重紐 B 類強聲弱韻——三等純韻凡韻弱聲強韻； 侵韻重紐 A 類弱聲強韻——獨立四等添韻強聲弱韻。

　　邵榮棻因為顏之推不同意呂靜《韻集》把「益」、「石」分為兩韻，就認為《切韻》是屬清韻系重紐已經合併了的那種方言。[註21]其實，「益」、「石」在《切韻》中並為一韻非但不能說明清韻系重紐兩類已經合併，反而有力地證明了清韻系一定是重紐韻系。如上表所示，重紐韻自上古來源而言，都不是純韻，一般是二元的混合。「益」來自上古錫部細音，「石」來自上古鐸部細音，源流本自不同，中古皆歸入《切韻》昔韻，可見清昔韻是雜韻。何況清昔韻唇牙喉還有強聲弱韻的青錫韻唇牙喉與之構成兩讀，而強聲弱韻的庚韻三等唇牙喉又有弱聲強韻的陽韻合口三等唇牙喉與之構成又音。更何況清韻系入聲字還有對立。即使入聲字對立不可靠，清韻系也還是重紐韻系，就在於它符合《切韻》音系重紐韻系所應具備的條件。

――――――――――

〔註21〕邵榮棻著《切韻研究》（校訂本），北京：中華書局，2008 年 12 月版，第 85 頁。

邵榮棻猜想幽韻系早期可能是尤韻系的重紐四等。〔註22〕按照韻圖「開合不同則分圖，洪細有別則列等」的分圖立等原則，幽韻系與尤韻系同是開口，不便另闢一圖安排幽韻系，正好第37圖四等列圍空著，所以將幽韻系置於四等實乃方便之舉，並非暗示它與尤韻系有什麼重紐關係。但幽韻系作為與宵韻系重紐B類相配的獨立三等，有兩點應予說明：

1.《切韻》三等子類韻原有的舌齒音原則上都混入寅類舌齒，只有唇牙喉保持獨立。但語音的變化往往不是整齊劃一的，或多或少留有一些歷史音變的痕跡，幽韻系的幾個舌齒音字可視為這種混併的殘餘。

2.《切韻》重紐一般是開合對立，其重紐B類相對的子類唇音是非敷奉微。但宵韻重紐是無對立的開口，則其重紐B類相對的子類唇音即為幫滂並明。幽韻系之唇音聲組是幫滂並明而不能變為非敷奉微，與其韻尾 [u] 不無關係。按漢語發音習慣，韻尾為 [u] 則其韻頭不易產生 [iu]，難於變合口，所以不能出現非敷奉微聲組。

《切韻》映現的實質上是永嘉之亂後重建的河洛古音，那麼，這個重建的河洛音系究竟是一時一地之音呢。還是讀書音？《切韻序》說「今返初服，私訓諸弟子，凡有文藻，即須明聲韻」，又說「寧敢施行人世，直欲不出戶庭」，可見法言著述的初衷，並不想公諸於世，而是為了家族晚輩在學習文藻時，能夠明白聲韻，讀音合於標準。也就是用《切韻》來規範本家子弟讀書。讀書不可能用一時一地的方言，只能是當時通行的讀書音，亦即通語。《切韻》作為中古時期的漢語音系具有其他語音資料不可替代的代表作用。黃典誠先生結合相關的各種語音材料，包括曹憲《博雅音》反切系統研究以及現代漢語諸方言的綜合分析，構擬出《切韻》音系。根據黃先生的研究成果，可以大致描寫出中古漢語音系的生態特徵。

《詩經》音系有聲調，但究竟有多少聲調各家意見不一，發展到中古時期漢語音系已形成平、上、去、入四個調類，這是中古漢語音系的顯著生態特徵。

上古十九紐發展到中古，已形成40紐的聲母系統：〔註23〕

〔註22〕邵榮棻著《切韻研究》（校訂本），北京：中華書局，2008年12月版，第86頁。
〔註23〕黃典誠著《漢語語音史》，廈門大學1981年2月油印本，第13頁。

表6.12　黃典誠中古漢語聲母表

發音方法 / 發音部位		塞音			鼻音		塞擦音			擦音		邊音	鼻音
		不帶聲		帶聲	帶聲		不帶聲		帶聲	不帶聲	帶聲	帶聲	
		不送氣	送氣	不送氣			不送氣	送氣	不送氣				
		清	次清	濁	次濁		清	次清	濁	清	次濁	次濁	
雙唇	重唇	幫[p]	滂[pʻ]	並[b]	明[m]	輕唇	（非）[pf]	（敷）[pʻf]	（奉）[bv]				（微）[ɱ]
舌尖	舌頭	端[t]	透[tʻ]	定[d]	泥[n]	齒頭	精[ts]	清[tsʻ]	從[dz]	心[s]	邪[z]	半舌 來[l]	
舌葉						正齒	莊[tʃ]	初[tʃʻ]	崇[dʒ]	生[ʃ]			
舌面前	舌上	知[ȶ]	徹[ȶʻ]	澄[ȡ]		舌齒	章[tɕ]	昌[tɕʻ]	船[dʑ]	書[ɕ]	禪[ʑ]	半齒 日[ȵ]	
舌根	牙音	見[k]	溪[kʻ]	群[g]	疑[ŋ]					曉[x]	匣[ɣ]		
喉	喉音	影[∅]		以[j]							云[w]		

　　上古唇音幫組聲紐雖在語流中產生了強弱變化，但在《切韻》時期還未分化出獨立的聲組。大約中唐時期，在韻母起首有［iu-］或［io-］的條件下，已經弱化了的幫組一部分變為與之對立的非組。舌音端組的弱化層次最多最複雜，其中「端、透、定」自上古至中古一共弱化了三次：第一次分化出「書、禪、邪、以」四紐，第二次分化出「章、昌、船」三紐，第三次分化出「知、徹、澄」三紐。上古泥紐到中古分化出娘、日兩紐。上古齒音精組一部分弱化變為中古的莊組。牙喉音見組中有少部分弱化之後與章組合流，疑紐有少部分弱化後混入日紐。上古匣紐本是舌根濁塞音［g］，其強化形態到中古變為濁擦音［ɣ］與清擦音［x］曉紐相配，弱化形態變為帶有齶化性質的群紐。中古群紐只出現在三等韻，而其另一部分嬗變為云紐。

　　《詩經》韻部到中古發展為《切韻》193韻。下面是黃典誠先生構擬的韻母表。韻目以平賅上、去，但獨立去聲韻仍列入。表中國際音標省去方括號，加（）的韻目《切韻》本無，據《廣韻》所增。〔註24〕

〔註24〕黃典誠著《漢語語音史》，廈門大學1981年2月油印本，第13～15頁。

表 6.13　黃典誠中古漢語韻母表

攝	内外	開合	舒韻 洪音 一等	舒韻 洪音 二等	舒韻 細音 三等	舒韻 細音 四等	促韻 洪音 一等	促韻 洪音 二等	促韻 細音 三等	促韻 細音 四等
果	內	開	歌ɔ	（戈）iɔ						
		合	（戈）uɔ	（戈）iuɔ						
假	外	合		麻ua						
		開		麻a	麻ia					
蟹	外	開		佳æ（i）					廢iəiʔ	
		合		佳uæ（i）					廢iuəiʔ	
		合	灰uɒi	皆uai		齊（i）ue	泰uɔiʔ	夬uaiʔ	祭iuɛiʔ	
		開	咍ɒi	皆ai		齊（i）e	泰ɔiʔ	夬aiʔ	祭iɛiʔ	
止	內	開			支ie					
		合			支iue					
		合			脂iui					
		開			脂i					
		開			之ei					
		開			微iəi					
		合			微iuəi					
遇	內	合	模o		虞io					
		開			魚ɯ					
流	內	開	侯ou		尤iou					
		開			幽iəu					
效	外	開	豪ɑu	肴au	宵ieu	蕭eu				
曾	內	開	登ɤŋ		蒸iŋ		德ɤk		職ik	
		合	登uɤŋ				德uɤk		職iuk	
梗	外	合		耕uaŋ	清iuɐŋ	青（i）uɐŋ		麥uɐk	昔iuek	錫（i）uek
		開		耕aŋ	清iɐŋ	青（i）ɐŋ		麥ɐk	昔iek	錫（i）ek
		開		庚aŋ	庚iaŋ			陌ak	陌iak	
		合		庚uaŋ	庚iuaŋ			陌uak	陌iuak	
宕	內	合	唐uɑŋ		陽iuɑŋ		鐸uɑk		藥iuɑk	
		開	唐ɑŋ		陽iɑŋ		鐸ɑk		藥iɑk	
江	外	開		江ɒŋ				覺ɒk		
通	內	開	東uŋ		東ioŋ		屋uk		屋iok	
		合	冬uoŋ		鍾iouŋ		沃ouk		燭iouk	

深	內	開			侵 im				緝 ip	
咸	外	合	覃 əm	咸 ɐm	凡 iɐm		合 əp	洽 ɐp	乏 iəp	
		開	談 ɔm	銜 am	嚴 iam 鹽 iem	添(i)em	盍 ɒp	狎 ap	業 iap 葉 iep	帖(i)ep
山	外	開	寒 ɔn	刪 an	仙 ien	先(i)en	（曷）ɔt	鎋 at	薛 iet	屑(i)et
		合	（桓）uɔn	刪 uan	仙 iuen	先(i)uen	末 uɔt	鎋 uat	薛 iuet	屑(i)uet
		合		山 uɒn	元 iuan			黠 uɒt	月 iuat	
		開		山 ɒn	元 ian			黠 ɒt	月 iat	
臻	外	開	痕 ən		殷 iən				迄 iət	
		合	魂 uən		文 iuən		沒 uət		物 iuət	
		開		臻 ɐn	真 in			櫛 ɛt	質 it	
		合			（諄）iun				（術）iut	

　　上古《詩經》韻部到中古《切韻》韻類的嬗變，黃典誠先生有詳細分析，茲以簡表揭示如下。〔註25〕

（一）上古 [a] 類十部

1. 魚 [a]

表 6.14　魚部的嬗變

魚 [a]	洪 [a]	弱 [ɔ]	一等模 [o]		
		強 [a]	二等麻 [a]		
			+ [i]	強	三等虞 [io]（子）
				弱	三等魚 [iɯ]（丑）
	細 [ia]	強 [ia]	三等麻 [ia]		
		弱 [ie]	四等齊 [（i）e]		

2. 鐸 [ak]

表 6.15　鐸部的嬗變

鐸 [ak]	洪 [ak]	弱 [ɔk]	一等鐸 [ɔk]		
		強 [ak]	二等陌 [ak]		
			+ [i]	強	三等藥合 [iuɔk]（子）
				弱	三等藥開 [iɔk]（丑）
	細 [iak]	強 [iak]	三等陌 [iak]		
		弱 [iɛk]	四等錫 [（i）ek]		

〔註25〕黃典誠著《漢語語音史》，廈門大學 1981 年 2 月油印本，第 34～78 頁。

3. 陽〔aŋ〕

表 6.16　陽部的嬗變

陽〔aŋ〕	洪〔aŋ〕	弱〔ɒŋ〕	一等唐〔ɔŋ〕		
		強〔aŋ〕	二等庚〔aŋ〕		
			＋〔i〕	強	三等陽合〔iuɒŋ〕
				弱	三等陽開〔iɔŋ〕
	細〔iaŋ〕	強〔iaŋ〕	三等庚〔iaŋ〕		
		弱〔iɛŋ〕	四等青〔(i) eŋ〕		

4. 歌〔ai〕

表 6.17　歌部的嬗變

歌〔ai〕	洪〔ai〕	弱〔ɑi〕	一等歌〔ɔ〕戈〔ɔu〕		
		強〔ai〕	二等麻〔a〕		
			＋〔i〕	強	三等戈〔iɔ〕（子）
				弱	三等支〔ie〕（丑）
	細〔iai〕	強〔ia〕	三等麻〔ia〕		
		弱〔iɛ〕	四等齊〔(i) e〕		

5. 曷〔ait〕

表 6.18　曷部的嬗變

曷〔ait〕	洪〔ait〕	弱〔ɑt〕	一等曷〔ɔt〕末〔uɔt〕		
		強〔at〕	二等鎋〔at〕		
			＋〔i〕	強	三等月〔iat〕（子）
				弱	三等薛〔iet〕（丑）
	細〔iait〕	強〔iat〕	三等薛〔iet〕（重）		
		弱〔iɛt〕	四等屑〔(i) et〕		

6. 寒〔ain〕

表 6.19　寒部的嬗變

寒〔ain〕	洪〔ain〕	弱〔ɑn〕	一等寒〔ɔn〕桓〔uɔn〕		
		強〔an〕	二等刪〔an〕		
			＋〔i〕	強	三等元〔ian〕（子）
				弱	三等仙〔ien〕（丑）
	細〔iain〕	強〔ian〕	三等仙〔ien〕（重）		
		弱〔iɛn〕	四等先〔(i) en〕		

7. 宵［au］

表 6.20　宵部的嬗變

宵［au］	洪［au］	弱［ɑu］	一等豪［ɔu］		
		強［au］	二等肴［au］		
			＋［i］	強	三等宵［ieu］（子）
				弱	三等宵［ieu］（丑）
	細［iau］	強［iau］	三等宵［ieu］（重）		
		弱［iɛu］	四等蕭［（i）eu］		

8. 藥［auk］

表 6.21　藥部的嬗變

藥［auk］	洪［auk］	弱［ɑk］	一等鐸［ɔk］		
		強［ak］	二等覺［ɒk］		
			＋［i］	強	三等藥合［iuɔk］（子）
				弱	三等藥開［iɔk］（丑）
	細［iauk］	強［iak］	三等昔［iek］（重四）		
		弱［iɛk］	四等錫［（i）ek］		

9. 盍［aup］

表 6.22　盍部的嬗變

盍［aup］	洪［aup］	弱［ɑp］	一等盍［ɔp］		
		強［ap］	二等狎［ap］		
			＋［i］	強	三等業乏［iap］（子）
				弱	三等葉［iep］（丑）
	細［iaup］	強［iaup］	三等葉［iep］（重）		
		弱［iɛup］	四等帖［（i）ep］		

10. 談［aum］

表 6.23　談部的嬗變

談［aum］	洪［aum］	弱［ɑm］	一等談［ɔm］		
		強［am］	二等銜［am］		
			＋［i］	強	三等嚴凡［iam］（子）
				弱	三等鹽［iem］（丑）
	細［iaum］	強［iaum］	三等鹽［iem］（重）		
		弱［iɛum］	四等添［（i）em］		

（二）上古 [ɛ] 類六部

1. 支 [ɛ]

表 6.24　支部的嬗變

支 [ɛ]	弱 [e]	四等齊 [（i）e]		
	強 [ɛ]	二等佳 [ɐi]		
		＋ [i]	強	重四等支 [ie]
			弱	重三等支 [ie]

2. 錫 [ɛk]

表 6.25　錫部的嬗變

錫 [ɛk]	弱 [ek]	四等錫 [（i）ek]		
	強 [ɛk]	二等麥 [ɐk]		
		＋ [i]	強	重四等昔 [iek]（子）
			弱	重三等昔 [iek]（丑）

3. 青 [ɛŋ]

表 6.26　青部的嬗變

青 [ɛŋ]	弱 [eŋ]	四等青 [（i）eŋ]		
	強 [ɛŋ]	二等耕 [ɐŋ]		
		＋ [i]	強	重四等清 [ieŋ]（子）
			弱	重三等清 [ieŋ]（丑）

4. 脂 [ɛi]

表 6.27　脂部的嬗變

脂 [ɛi]	弱 [ei]	四等齊 [（i）e]		
	強 [ɛi]	二等皆 [ɐi]		
		＋ [i]	強	重四等脂 [i（e）i]（子）
			弱	重三等脂 [i（e）i]（丑）

5. 質〔ɛit〕

表 6.28　質部的嬗變

質〔ɛit〕	弱〔eit〕	四等屑〔(i)et〕		
	強〔ɛit〕	二等黠〔ɐt〕		
		＋〔i〕	強	重四等質〔i(e)t〕（子）
			弱	重三等質〔i(e)t〕（丑）

6. 真〔ɛin〕

表 6.29　真部的嬗變

真〔ɛin〕	弱〔en〕	四等先〔(i)en〕		
	強〔ɛin〕	二等山〔ɐn〕		
		＋〔i〕	強	重四等真〔i(e)n〕（子）
			弱	重三等真〔i(e)n〕（丑）

（三）上古〔ɔ〕類三部

1. 侯〔ɔ〕

表 6.30　侯部的嬗變

侯〔ɔ〕	洪〔o〕	弱〔u〕	一等侯〔ou〕		
		強〔au〕	二等肴〔au〕		
			＋〔i〕	強	三等尤〔iou〕
				弱	三等虞〔i(u)o〕
	細〔io〕	強〔io〕	三等尤〔iou〕		
		弱〔ie〕	四等蕭〔(i)eu〕		

2. 屋〔ɔk〕

表 6.31　屋部的嬗變

屋〔ɔk〕	洪〔ok〕	弱〔uk〕	一等屋〔uk〕		
		強〔ɒk〕	二等覺〔ɒk〕		
			＋〔i〕	強	三等燭〔iouk〕
				弱	三等屋〔iok〕
	細〔iok〕	強〔iok〕	三等屋〔iok〕		
		弱〔iek〕	四等錫〔(i)ek〕		

3. 東 ［ɔŋ］

表 6.32　東部的嬗變

東 ［ɔŋ］	洪 ［oŋ］	弱 ［uŋ］	一等東 ［uŋ］		
		強 ［ɒŋ］	二等江 ［ɒŋ］		
			+ ［i］	強	三等鍾 ［iouŋ］
				弱	三等東 ［ioŋ］
	細 ［ioŋ］	強 ［ioŋ］			
		弱 ［ieŋ］	四等青 ［（i）eŋ］		

（四）上古 ［ɯ］ 類三部

1. 之 ［ɯ］

表 6.33　之部的嬗變

之 ［ɯ］	弱 ［ɔi］	一等咍 ［ɒi］		
	強 ［ai］	二等皆 ［ai］		
		+ ［i］	強	三等尤 ［iou］（子）
			弱	三等之 ［iə］（丑）

2. 職 ［ɯk］

表 6.34　職部的嬗變

職 ［ɯk］	弱 ［ak］	一等德 ［ək］		
	強 ［ɐk］	二等麥 ［ɐk］		
		+ ［i］	強	三等庚 ［iak］（子）
			弱	三等職 ［ik］（丑）

3. 蒸 ［ɯŋ］

表 6.35　蒸部的嬗變

蒸 ［ɯŋ］	弱 ［aŋ］	一等登 ［əŋ］		
	強 ［ɐŋ］	二等耕 ［ɐŋ］		
		+ ［i］	強	三等東 ［ioŋ］（子）
			弱	三等蒸 ［iŋ］（丑）

（五）上古［i］類三部

1. 微［i］

表 6.36　微部的嬗變

微［i］	洪［ui］	弱［ɔi］	一等灰［uɒi］		
		強［uai］	二等皆［uai］		
			＋［i］	強	三等微［iəi］（子）
				弱	三等脂［i］（丑）
	細［i］	強［i］			
		弱［iei］	四等齊［（i）e］		

2. 物［it］

表 6.37　物部的嬗變

物［it］	洪［ut］	弱［uait］	一等沒［uat］		
		強［ɐt］	二等黠［ɐt］		
			＋［i］	強	三等迄物［iət］（子）
				弱	三等質術［it］（丑）
	細［it］	強［it］			
		弱［iet］	四等屑［（i）et］		

3. 文［in］

表 6.38　文部的嬗變

文［in］	洪［uin］	弱［nie］	一等痕魂［ən］		
		強［ɐin］	二等山等二［ɐn］		
			＋［i］	強	三等殷文［iən］（子）
				弱	三等真諄［in］（丑）
	細［in］	強［in］			
		弱［ien］	四等先［（i）en］		

（六）上古［u］類四部

1. 幽［u］

表 6.39　幽部的嬗變

幽［u］	洪［u］	弱［ɔu］	一等豪［ɔu］		
		強［au］	二等肴［au］		
			＋［i］	強	三等尤［ioi］（子）
				弱	三等幽［iəu］（丑）
	細［iu］	強［iu］			
		弱［ieu］	四等蕭［（i）eu］		

2. 覺［uk］

表 6.40　覺部的嬗變

覺［uk］	洪［uk］	弱［ouk］	一等沃［ouk］		
		強［ɒk］	二等覺［ɒk］		
			＋［i］	強	三等屋［iok］
				弱	三等燭［iouk］
	細［iuk］	強［iuk］			
		弱［iek］	四等錫［（i）ek］		

3. 緝［up］

表 6.41　緝部的嬗變

緝［up］	洪［up］	弱［ɯp］	一等合［əp］		
		強［ɒp］	二等洽［ɒp］		
			＋［i］	強	三等乏［iəp］（子）
				弱	三等緝［ip］（丑）
	細［iup］	強［iup］	三等緝［ip］（重四）		
		弱［iep］	四等帖［（i）ep］		

4. 侵［um］

表 6.42　侵部的嬗變

侵［um］	洪［um］	弱［ɯm］	一等覃［əm］冬［ouŋ］		
		強［ɒm］	二等咸［ɐm］江［ɒŋ］		
			＋［i］	強	三等凡［iəm］東［ioŋ］（子）
				弱	三等侵［im］東［ioŋ］（丑）
	細［ium］	強［ium］	三等侵［im］（重四）		
		弱［iem］	四等添［（i）em］		

　　上古韻部六個主要元音中，黃典誠先生與諸家顯著不同的是之部擬音。《詩經》之部到《切韻》的嬗變分兩路：一路去蟹、止兩攝，另一路到流攝。上古之部嬗變為［-i］是主流，另一部分嬗變為［-u］，是因唇牙喉聲紐易於圓唇化所造成的，因而是有條件的。閩南泉州、漳州、廈門禾山方言保存的不同歷史層次的語音軌跡很有啟發意義：

表 6.43　泉州、漳州、禾山語音比較表

	魚	儲	除	呂	女	處	書
泉州	[hɯ]	[t'ɯ]	[tɯ]	[lɯ]	[lɯ]	[ts'ɯ]	[sɯ]
漳州	[hi]	[t'i]	[ti]	[li]	[li]	[ts'i]	[si]
禾山	[hu]	[t'u]	[tu]	[lu]	[lu]	[ts'u]	[su]
	如	居	去	語	許	於	豬
泉州	[lɯ]	[kɯ]	[k'ɯ]	[gɯ]	[hɯ]	[ɯ]	[tɯ]
漳州	[dzi]	[ki]	[k'i]	[gi]	[hi]	[i]	[ti]
禾山	[lu]	[ku]	[k'u]	[gu]	[hu]	[u]	[tu]

後高不圓唇元音 [ɯ] 只要圓唇就會變為 [u]，發音部位往前移就會變為前高不圓唇元音 [i]，泉州、漳州、廈門禾山方言證實了這一點。為什麼上古之部有一部分會匯入《切韻》尤韻呢？因為在唇牙喉聲紐條件下，由於語流之中聲韻強弱的相互作用，[-iɯ] 變為 [-iu] 合於音理。《切韻》尤韻普通話讀為 [-əu] 或 [-iəu] 的，今蘭州話讀 [-əɯ] 或 [-iɯ]。

表 6.44　《切韻》尤韻蘭州話讀音表

肘	抽	鈕	酒	秋	羞	九
[təɯ]	[t'əɯ]	[ȵiɯ]	[tɕiɯ]	[tɕ'iɯ]	[ɕiɯ]	[tɕiɯ]
丘	求	牛	休	憂	油	友
[tɕ'iɯ]	[tɕ'iɯ]	[ȵiɯ]	[ɕiɯ]	[iɯ]	[iɯ]	[iɯ]

這樣，之部擬音為 [ɯ]，不僅能夠清楚地說明《切韻》音系中蟹、止兩攝和流攝有關音節的上古來源，而且帶出上古韻部擬音必不可少的前高不圓唇元音 [i] 和後高圓唇元音 [u]。

四、近代漢語音系的生態特徵與嬗變

漢語到了近代，其存在的內外生態環境發生了很大的變化。就內生態環境而言，語義的複雜化使辨義成為迫切需要，語詞為適應辨義需要複音節化的步伐加快，語音系統相應調整而大大簡化。就外生態環境而言，蒙古族入主中原，外族的語言和文化使漢語的生存環境發生前所未有的改變。宋元以來社會經濟文化的發展和說唱文學的興起，對漢語語音系統的嬗變產生了深刻的影響。

周德清的《中原音韻》被公認為近代漢語語音的代表，但各家據《中原音韻》整理出來的音系卻意見不同。就聲母而言，羅常培認為有二十類聲母，

趙蔭棠認為有二十五類，陸志韋主張二十四類，楊耐思主張二十一類。韻母的意見分歧不大，不過有的學者認為皆來韻部不但有［ai］、［uai］兩韻，而且有［iai］韻。邵榮棻《〈中原音韻〉音系的幾個問題》（《中原音韻新論》，北京大學出版社 1991 年 1 月）認為蕭豪韻部應該有五個韻母，不只是［au］、［iau］、［iɛu］，還有［ɑu］、［uɑu］。關於聲調，分歧在於入聲的有無。陸志韋認為周氏之書仍有入聲，王力以為當時實際語言中已無入聲，董同龢認為周氏自己的方言中還有入聲。我以為，所謂「平分陰陽，入派三聲」的「派」，只是周氏的審音舉措，即北曲唱辭應該如此。實際上當時入聲正處於式微階段而並未消亡，如果已經消亡，「派」豈非多此一舉？王力不相信，他在楊耐思所著《中原音韻音系》的《序》裏說：「我始終不肯採用陸說，因為如果像陸先生那樣說，《中原音韻》時代實際上有七個聲調（陰平、陽平、上聲、去聲和三種入聲），這是不可能的。」誠然，當時不可能有三種入聲，而只有一種，中古時期收［-p］、［-t］、［-k］的入聲韻尾，到周德清的時代要麼已弱化為［-ʔ］，要麼連喉塞音也消失了。所謂中古入聲字因為聲調近似陽平，所以入作平聲，聲調近似上聲，所以入作上聲，聲調近似去聲，所以入作去聲，這只是猜想，並非事實。今漳州、廈門的南曲唱辭陰聲韻與入聲韻普遍相押，如［a］與［ak］相押，同理，北曲唱辭只要入聲字韻母的主要元音與陽平字、上聲字或去聲字韻母的主要元音相同或相近，即可押韻，並非一定要調值相近。中古的平聲到元代分化為陰平與陽平，因此，元代漢語音系有五個調類：陰平、陽平、上聲、去聲、入聲。下面根據楊耐思《中原音韻音系》（中國社會科學出版社 1981年 10 月）列出《中原音韻》為代表的元代漢語 21 個聲母：

　　［p］、［p‘］、［m］、［f］、［v］、［t］、［t‘］、［n］、［l］、［ts］、［ts‘］、［s］、［tʃ］、［tʃ‘］、［ʃ］、［ʒ］、［k］、［k‘］、［ŋ］、［x］、［Ø］。

　　從中古到近代，漢語聲母系統發生了如下嬗變：

　　（一）全濁聲母清化：

1. 全濁平聲塞音、塞擦音清化為同部位的不送氣清音陽平。

2. 全濁上聲、去聲塞音、塞擦音清化為同部位的不送氣清音去聲。

3. 全濁入聲變為不送氣清音陽平。《中原音韻》186 個全濁入聲字中 173 個變為陽平，只有 13 個變為上聲。

4. 全濁擦音變為同部位的清擦音。平聲變陽平，上聲變去聲。

（二）輕唇音非敷奉混併。

（三）知、章、莊三組合流。

（四）影、云、以三母和疑母的大多數合併為零聲母。

《中原音韻》19 個韻部含 46 個韻母：

1. 東鍾：[uŋ]、[iuŋ]

2. 江陽：[aŋ]、[iaŋ]、[uaŋ]

3. 支思：[ï]

4. 齊微：[ei]、[i]、[uei]

5. 魚模：[u]、[iu]

6. 皆來：[ai]、[iai]、[uai]

7. 真文：[ən]、[iən]、[uən]、[iuən]

8. 寒山：[an]、[ian]、[uan]

9. 桓歡：[on]

10. 先天：[iɛn]、[iuɛn]

11. 蕭豪：[au]、[iau]、[iɛu]

12. 歌戈：[o]、[io]、[uo]

13. 家麻：[a]、[ia]、[ua]

14. 車遮：[iɛ]、[iuɛ]

15. 庚青：[əŋ]、[iəŋ]、[uəŋ]、[iuəŋ]

16. 尤侯：[əu]、[iəu]

17. 侵尋：[əm]、[iəm]

18. 監咸：[am]、[iam]

19. 廉纖：[iɛm]

中古《切韻》193 個韻類到元代發生了如下嬗變：

（一）入聲韻類的 [-p]、[-t]、[-k] 韻尾弱化為 [-ʔ]，逐漸與陰聲韻類合
　　 流。

（二）中古二等韻部分產生 [-i-] 介音。

（三）中古三等韻大部分唇音失去 [-i-] 介音。

（四）產生新韻母。如支思韻部的 [ï]、車遮韻部的 [iɛ]、[iuɛ]。

顯然，從中古到近代，漢語的聲母和韻母系統都大為簡化。然而，《中原

音韻》究竟是什麼性質，至今尚未取得共識。王力認為它代表的是元代大都話音系，即北京話語音系統。陸志韋認為它代表的是當時或比 14 世紀稍前的北方官話，而非現在「國語」的祖語。李新魁認為它代表的是元代共同口語的語音系統，即以當時洛陽音為主體的河南話。還有人認為代表的是元初河南開封的語音系統（劉莉《試論〈中原音韻〉的基礎音系》，《考試週刊》2013年第 47 期）。黎新第《試論〈中原音韻〉音系反映實際語音的二重性》（《重慶師範大學學報》（哲學社會科學版）1989 年第 2 期）指出：「作為曲韻所反映的實際語音，則是既有當時共同語讀書音的成份，又有當時共同語口語音的成份。」「如果說《古今韻會舉要》和《中原雅音》作為正音之書分別反映了近代漢語共同語讀書音和口語音的某種靜止狀態或典型狀態的話，《中原音韻》則作為藝術音韻反映了它們在元代的運動狀態或過渡狀態。」《中原音韻》的 21 聲母格局延續到明清兩代，而韻母系統與《洪武正韻》、《韻略易通》、《西儒耳目資》、《官話新約全書》等互有參差，或許也是其二重性的表現。

葉寶奎認為明清官話韻母系統的嬗變，可以分為三個階段。〔註 26〕第一階段（14～15 世紀）以《洪武正韻》和《韻略易通》為代表，其主要特徵是：

（一）陽聲韻三套韻尾［-n］、［-m］、［-ŋ］並存。

（二）入聲韻配陽聲韻，入聲韻保留［-p］、［-t］、［-k］三套塞音韻尾（《韻略易通》已有混並趨勢）。

（三）《洪武正韻》喉牙音開口二等韻尚未齶化（《韻略易通》已經出現齶化韻）。

第二階段（16～17 世紀）以《西儒耳目資》、《韻略匯通》、《五方元音》為代表，其主要特徵是：

（一）保持開合洪細格局。

（二）［-m］尾韻併入［-n］尾韻。

（三）入聲韻改配陰聲韻，入聲韻尾已弱化為喉塞音［-ʔ］（《韻略匯通》入聲韻仍配陽聲韻）。

（四）喉牙音開口二等齶化韻與相應的三、四等韻混同。

（五）止攝開口三等韻（日母）從［ʅ］韻中分化出［ɚ］韻。

〔註26〕葉寶奎著《近代漢語語音研究——葉寶奎自選集》，廈門：廈門大學出版社，2017年 5 月版，第 31～35 頁。

　　第三階段（18～20世紀初）以《正音咀華》、《正音通俗表》、《官話新約全書》為代表，其主要特徵是：

　　（一）開齊合撮的局面已基本形成，［iu］→［y］，［iu-］→［y-］，出現了一套撮口呼韻母，四呼已基本配齊。

　　（二）韻母進一步調整歸併，唇音合口韻變開口，知章組三等韻變成洪音，官關混併，東庚合流，［u］與［u］併，［ɔ］與［o］合，等等。

這三個階段韻母系統的嬗變，葉寶奎歸納如下：

1. 喉牙音開口二等韻齶化

　　《洪武正韻》尚未出現，《韻略易通》除喉牙音開口二等江與三等陽已混併外，喉牙音開口二等齶化韻與三等韻並存。《韻略匯通》、《西儒耳目資》音系中二等齶化韻均已同三等韻混同。

2. 閉口韻及唇音合口韻的變化

　　《洪武正韻》和《韻略易通》保持［-m］尾韻，《韻略匯通》中侵尋併入真文，廉纖併入先全，緘咸併入寒山。《西儒耳目資》閉口韻已消失。唇音聲母與合口韻相拼導致［-u-］介音丟失而變開口，《韻略易通》、《西儒耳目資》已出現，但不普遍。輕唇音合口三等韻變開口洪音更早，《洪武正韻》、《韻略易通》已然。清代官話音唇音合口韻全部變為開口韻。

3. 入聲韻尾的變化

　　《洪武正韻》入聲韻［-p］、［-t］、［-k］三套塞音韻尾配陽聲韻，保留《廣韻》的傳統模式。《西儒耳目資》入聲韻尾弱化為［-ʔ］，改配陰聲韻。《韻略匯通》雖保持入聲韻配陽聲韻，但韻尾已為［-ʔ］。由於［-m］、［-n］的混併，引起［-p］、［-t］的混併，進而導致［-p］、［-t］、［-k］的混同。韻尾的變化還帶動韻腹的變化，使入聲韻變得與陰聲韻接近，結果導致傳統模式解體，整個韻母系統格局大變。知章組三等入聲韻，由於細音韻母的［-i-］介音與知章日聲母的捲舌趨勢不協調而丟失，［i］、［iʔ］則變為舌尖後元音［ʅ］、［ʅʔ］。

4. 舌尖元音的演化

　　止攝開口三等韻（精莊章知）變為舌尖元音［ɿ］、［ʅ］，日母字變為［ɚ］韻。《洪武正韻》支［ɿ］與齊［i］分立，《韻略易通》支辭韻（精組）為［ɿ］，莊章組已接近［ʅ］。《韻略匯通》、《五方元音》莊章組已是［ʅ］，但知與支仍

然有別。《官話新約全書》止攝開口三等韻以及蟹攝開口三等祭韻（知莊章日）均為〔ㄗ〕，知與支同音。《西儒耳目資》止攝開口三等（日母）已從〔ㄗ〕韻中分化出〔ɚ〕韻。

5. 遇攝合口三等韻的變化

遇攝合口三等韻由〔iɯ〕變〔y〕，知章組變〔u〕。《洪武正韻》遇攝合口三等韻除莊、非組歸模韻外，其餘歸魚韻〔iɯ〕。《韻略易通》屬居魚韻〔iu〕，《五方元音》歸地韻，接近〔y〕。《西儒耳目資》知章組由〔iu〕變〔u〕，與莊組〔u〕並存。《官話新約全書》遇攝合口三等韻（知莊章非）均為〔u〕，其餘聲組字為〔y〕。

6. 莊知章日三等韻的變化

莊知章日三等韻變為洪音。《洪武正韻》知章日三等韻為細音，除尤侵外的莊組三等韻已為洪音。《韻略易通》、《韻略匯通》知章組三等韻仍為細音，《五方元音》有部分變為洪音。《西儒耳目資》知章組三等韻大部分變洪音，一部分洪細兩讀。《官話新約全書》莊知章日三等韻全部變洪音。

7. 山攝合口一等桓韻的變化

端桓併入寒山。《韻略易通》端桓、寒山分立，《韻略匯通》端桓併入寒山。《五方元音》天韻涵蓋《韻略易通》端桓、寒山、緘咸、先全、廉纖五部陽聲韻。

8. 果攝一等歌戈及入聲末鐸藥屋的變化

〔ɔ〕併入〔o〕。《洪武正韻》歌〔ɔ〕、戈〔uɔ〕開合對立，《韻略易通》只有喉牙音開合對立，其他聲組混併為〔uɔ〕。《洪武正韻》曷韻為〔ɔt〕、〔uɔt〕，藥韻為〔ɔk〕、〔iɔk〕、〔uɔk〕，屋韻為〔uk〕、〔iuk〕。《韻略易通》端桓的入聲韻為〔uɔʔ〕，江陽的入聲韻為〔ɔʔ〕、〔iɔʔ〕、〔uɔʔ〕，東洪的入聲韻為〔uʔ〕、〔iuʔ〕。《西儒耳目資》曷、藥韻已合併，屋韻一部分轉為〔oʔ〕、〔ioʔ〕。《官話新約全書》將《西儒耳目資》的〔ɔ〕、〔uɔ〕併作〔o〕，〔ɔʔ〕、〔iɔʔ〕、〔uɔʔ〕與〔oʔ〕、〔ioʔ〕、〔uɔʔ〕併作〔oʔ〕、〔ioʔ〕、〔uɔʔ〕。

五、現代漢語音系的生態運動

我在第四章第一節中把現代漢語劃分為三種生態類型：北方型、南方型、中介型，概括介紹了這三種類型的基本生態特徵，並且探討了漢語生態結構的

內部聯繫和機制。在本章討論漢語音節的生態運動時，涉及到北方型漢語的兒化現象。由於語流中聲韻強弱運動造成的兒化不僅改變了音節的生態特徵，而且使語音系統的結構發生了嬗變，這無疑是值得重視的生態現象。這種現象在北方型方言中廣泛存在，而且具有遠比普通話兒化更多的生態功能。

（一）兒化生態運動

史艷鋒在《語言研究》2017 年 1 月第 37 卷第 1 期《豫北晉語的兒化》一文中，以翔實的材料揭示了豫北晉語不僅具有普通話兒化的語義、語法和修辭功能，而且生態形式多樣，佔據了更廣闊的生態位，具有更多的生態功能：

1. 單字有子變、兒化兩種音變現象，子變韻老年人使用較多，兒化韻中青年人使用較多。例如，鳳泉話「成年雞」60 歲以下人群叫「小雞兒 [tɕiɚ²³]」，60 歲以上人群還有「小雞 ᶻ [tɕiːʊ²³]」的叫法；博愛話中「電線杆 ᶻ [kiːã⁴⁴]」、「竹簾 ᶻ [liːã⁴²³]」、「庵 ᶻ [ɣiːã⁵¹]」、「餡 ᶻ [ɕyːã¹³]」都是很早以前的叫法，今已被兒化韻「電線杆兒 [kɝ⁴⁴]」、「竹簾兒 [liɝ⁴²³]」、「庵兒 [ɣɝ⁴⁴]」、「餡兒 [ɕyɝ¹³]」（「ʳ」表示韻腹稍帶捲舌動作）取代；濟源話中同樣是這種情況。

2. 豫北晉語中有兩類兒化韻母：平舌兒化韻與捲舌兒化韻。平舌音兒化韻分布於濟源、沁陽、溫縣、博愛、焦作、武陟、修武 7 地；捲舌音兒化韻分布於孟州、獲嘉、新鄉、鳳泉、衛輝、輝縣、淇縣、湯陰、安陽、林州。其中安陽、湯陰方言中的兒化目前只發生於部分韻母中，這部分韻母與「兒」融合較快；另外部分韻母后用兒尾，這部分韻母與「兒」融合較慢。以安陽話為例，現階段安陽方言已經生成兒化韻的基本韻母共 29 個，其後用「兒」尾的基本韻母共 17 個。

3、該文列出孟州、濟源、博愛、武陟、修武、獲嘉、新鄉市、鳳泉、輝縣盤上、衛輝、淇縣、林州等 12 個方言點的兒化韻與基本韻母的對應關係表，這些材料清楚表明兒化韻是與基本韻系既有聯繫又相對獨立的系統。換句話說，12 個方言點的不少音節由於語流中聲韻強弱運動造成的兒化，使這些方言的音系建構了比較複雜的生態格局，佔據了更廣闊的生態位，具有更多的生態功能。

兒化韻作為生存競爭的手段，必然對整個語音系統的各個方面施加影響，試探最有利於音系存在發展的進化方向。豫北晉語伴隨兒化發生了以下四種音變：

1. 兒化引起聲調的變化

兒化變調現象，主要集中在入聲字。入聲韻兒化時喉塞韻尾 [ʔ] 消失，古清聲母、次濁聲母入聲字一般讀陰平調值，古全濁聲母入聲字一般讀陽平調值，整個豫北晉語區均存在此類變調。如修武話入聲字讀 [ʔ³³] 調，發生兒化後，清聲母、次濁聲母入聲字變讀陰平 44 調，全濁聲母入聲字讀陽平 31 調。林州話入聲字兒化後都變讀陰平 31 調。除入聲兒化變調外，安陽、林州話舒聲字兒化後也有發生變調的現象。安陽入聲字兒化後變調讀陰平 44，上聲字兒化後變讀 52 調，與陽平字調值一樣。林州話陽平字兒化後變作 324 調，與上聲調值同；上聲字兒化後變作 51 調，與陽平調值同。

2. 兒化引起聲母的變化

兒化引起的聲母變化分布在新鄉、鳳泉、衛輝、淇縣、林州等地，有兩種生態類型。第一種類型以鳳泉、衛輝話為代表，兒化引發 [ts、tsʻ、s、z] 變讀 [tʂ、tʂʻ、ʂ、ʐ]。第二種類型分布在林州，林州話 [ɣɑɔ]、[ɣou] 發生兒化後，兒化音中聲母 [ɣ] 失去，如：襖兒 [uər]、麥牛兒 [uər]。

3. 兒化增生閃音 [ɽ]

孟州、新鄉、鳳泉、輝縣、衛輝、淇縣、林州等地（全部是捲舌兒化區域）發生兒化後，部分韻母有滋生舌尖後閃音 [ɽ] 的現象。如衛輝話，閃音 [ɽ] 的出現與聲母和介音有一定關係。其中開口呼、合口呼兒化韻母中，閃音多出現在塞音 [t、tʻ] 後，鼻音聲母 [n] 後有時也會出現閃音 [ɽ]，閃音出現與否以聲母為先決條件。齊齒呼、撮口呼兒化韻母在介音後全部出現閃音，閃音的出現以介音為條件。衛輝話兒化音中能夠出現閃音的韻母共有 [ɽur、iɽər、ɽuər、yɽər、ɽar、iɽar、ɽɤr、iɽɤr、ɽuɤr、ɽuɜr、yɽɜr、ɽɔr、iɽɔr、ɽãr、iɽãr、ɽuãr、yɽãr] 17 個。閃音 [ɽ] 的位置與韻母有關。開口呼、合口呼韻母中，閃音 [ɽ] 位於韻母前，處於聲母和韻母之間。齊齒呼、撮口呼兒化韻母中，閃音 [ɽ] 出現在介音 [i、y] 之後，捲舌韻腹元音之前。

4. 兒化引起介音的變化

林州話中效攝和流攝字開口呼韻母兒化後出現 [u] 介音，齊齒呼韻母兒化後介音由 [i] 變成 [y]，介音變化時聲母個別發生改變。另外還會產生新的聲韻拼合規律，如 [m、t、tʻ] 與撮口呼韻母相拼。例如：

［ɑu］→［uər］

燈泡兒［p'uər］、小刀兒［tʐuər］、桃兒［t'uər］

［ou］→［uər］

網兜兒［tuər］、西頭兒［t'uər］、溝兒［kuər］

［iɑu］→［yər］

樹苗兒［myər］、走調兒［tyər］、字條兒［t'yər］

［iou］→［yər］

一絡兒線［lyər］、一溜兒［lyər］、袖兒［syər］

湯陰話只有效攝字兒化後發生上述變化。林州話兒化對聲韻調產生的影響，不可避免地導致音系格局的調整，從而佔據了較為廣闊的生態位，具備了更多的生態功能，增強了語言的競爭力。

為了語言系統的生存和發展，兒化在與內外環境因素的相互作用中，生態運動永遠不會停息。豫北晉語的兒化也是如此，其生態運動表現為保持分立、歸併、平舌變為捲舌等各種態勢，而歸併是主流。

濟源、博愛、武陟、修武、輝縣這五個地域連接成片的方言點，與普通話［-ai、-au、-an］韻類（蟹攝、效攝、咸山攝）相對應的韻母兒化韻已完全合併為［ə］，其他地區則尚未全部合併。如：

［ai］類：掛牌兒［p'ə³¹²］ 鞋帶兒［tə¹³］ 瓜胎兒［t'ə⁴⁴］

［au］類：菜包兒［pə⁴⁴］ 小刀兒［tə⁴⁴］ 豆腐腦兒［nə⁵²］

［an］類：換班兒［pə⁴⁴］ 床單兒［tə⁴⁴］ 豬肝兒［kə⁴⁴］

衛輝、淇縣、林州連接成片的這三個方言點，與普通話［-au、-ou］韻類（效攝、流攝）相對應的韻母兒化韻分別合併為［ɔr、ər］，其他地方則保持分立。如：

［au］類：

衛輝：菜包兒［pɔr³⁴］ 起早兒［tʂɔr⁴⁴］ 羊羔兒［kɔr³⁴］

林州：燈泡兒［p'uər³¹］ 小草兒［ts'uər⁵¹］ 記號兒［xuər⁵⁵］

［ou］類：

衛輝：賭咒兒［tʂɔr³¹］ 小手兒［ʂɔr⁴⁴］ 河溝兒［kɔr³⁴］

林州：網兜兒［tuər³¹］ 小手兒［ʂuər⁵¹］ 時候兒［xuər⁵⁵］

新鄉、鳳泉、衛輝、輝縣、淇縣、林州這六個地域連接成片的方言點，與

普通話［-aŋ、-əŋ］韻類（宕江攝、曾梗通攝）相對應的韻母兒化韻合併為鼻化的［ʌ̃r］；孟州、濟源、博愛、武陟（這四點連接成片）、林州與普通話［-en、-əŋ］韻類（深臻攝、曾梗通攝，其中林州深臻攝併入曾梗通攝，讀［əŋ、iəŋ、uoŋ、yoŋ］）相對應的韻母兒化韻合併為［əŋ］，其他地方保持分立。如武陟：

　　［en］類：車篷兒［p'əŋ³¹²］小板凳兒［təŋ¹³］一層兒［ts'əŋ³¹²］

　　［əŋ］類：門兒［məŋ³¹²］布紋兒［vəŋ³¹²］桑葚兒［səŋ²⁴］

　　孟州、修武、獲嘉、新鄉、鳳泉、輝縣、衛輝、淇縣、安陽、湯陰、林州（除孟州外連接成片）與普通話［ei、en］韻類相對應的韻母兒化韻已經合併為［ər］，其他地方保持分立。林州方言兒化韻母之間歸併程度最大，目前僅剩下［ər、iər、uər、yər］四個兒化韻母。

　　孟州、林州均無鼻音兒化韻，其他方言點鼻音兒化韻保留在［-aŋ、-əŋ］類韻母兒化韻中，濟源、博愛、武陟［-en、-aŋ、-əŋ］類韻母兒化韻中都有鼻音存在，整個豫北晉語區［-an］類韻母兒化韻全部失去鼻音。可見發生兒化後，前鼻音韻母較後鼻音韻母更易脫落鼻音成份，低元音韻腹韻母較高元音韻腹韻母更易失掉鼻音成份。

　　武陟、博愛的部分平舌兒化韻正在逐漸向捲舌兒化韻發展。武陟話下列四個兒化韻母兩讀並存：

　　［ɜə / əɜ ̍ ᵣ］（〈［ɛɛ］蓋、［ɑɔ］刨、［ɛ］板、［ɐʔ］熱）

　　［iɜə / iəɜ ̍ ᵣ］（〈［iɛ］碟、［iɑɔ］條、［iɛ］天、［iɑʔ］、角［iɐʔ］鱉）

　　［uɜə / uəɜ ̍ ᵣ］（〈［uɛ］塊、［ɑu］段、［ɑʔ］說）

　　［yɜə / yəɜ ̍ ᵣ］（〈［yɛ］卷、［yɐʔ］雪）

　　博愛話老年人讀平舌的兒化音，中年人開始讀略帶捲舌的兒化音。

（二）輕聲生態運動

　　輕聲和兒化都是語流中音節內部音素以及音節之間的生態運動而引發的音變現象，兩者都是語音元素的弱化，不過兒化起始於韻尾而輕聲發端於聲調，運動的生態形式不同，對音系的解構和建構力度也就不一樣。一般地說，兒化通過弱化韻尾形成新的音系格局，影響語義系統、語法系統和人群系統的思惟結構，產生辨義、語法、修辭和審美功能，佔據了更廣闊的生態位；輕聲從產生到消亡都發生在音群層面，是以犧牲一些音節的聲調為代價推動音節結構新

陳代謝，保持音系動態穩定的一種生存手段。

聲調弱化導致原有的調值變異甚至模糊，利用這個模糊調值還能辨義，因此不少人認為產生了一個新調位，形成了新的音系格局。但是，李莎認為輕聲的辨義功能非常有限，「《現代漢語詞典》中，有辨義之別的輕與非輕聲詞 121 對，《普通話水平測試大綱》只有 10 對，其中 9 對和前者相同；另據丁迪蒙對《普通話輕聲詞彙編》的統計，靠輕聲區別語義的只占輕聲詞總量的 4%，數量少之又少。」〔註27〕她還進一步指出：「輕聲起於聲調退化，是聲調的消亡而非新增」。〔註28〕

漢語言語流中，音群層面出現的輕聲本質上是音節結構新陳代謝的中介，舊的音節之間相互作用導致聲調弱化，弱化的輕聲以自身的消亡為代價催生了新的音節，可見輕聲是保持音系動態穩定的生存手段。

李莎《輕聲的宏觀歷史發展》（《福建師範大學學報》（哲學社會科學版）2006 年第 2 期）一文以各地方言的共時材料，論證了普通話輕聲從產生到消亡的歷時嬗變。她把普通話的輕聲音節與大同話比較，發現普通話中某些輕聲字並非古入聲，卻在大同話裏念入聲，如「子」尾、動態助詞「了」和「琵琶、老婆、熬磨」的末字。她認為：「緊喉使原先拖長的舒聲變為短促的入聲，表面看是入聲化，其實為正常音節縮短音長、趨向輕聲的表現，這種縮短再發展得明顯一點就會像北京話輕聲一樣了」。大量方言材料表明：

1. 音群層面相鄰的兩個正常音節的強弱變化很容易引起後一音節變調。

貴陽話：

　　陰平 55＋55　　櫻桃

　　陽平 21＋55　　娃兒、狐狸

　　上聲 53＋55　　耳朵

　　去聲 24＋55　　外頭

重慶話：

　　陰平 45＋55　　姑娘、他們、稀裏糊塗、稀裏嘩啦

　　陽平 21＋55　　爺爺、角角、牙齒、瓷器

〔註27〕李莎《從形成角度看普通話輕聲的運用》，《雲南師範大學學報》（對外漢語教學與研究版），2006 年 1 月第 4 卷第 1 期，第 65 頁。

〔註28〕李莎《輕聲的宏觀歷史發展》，《福建師範大學學報》（哲學社會科學版），2006 年第 2 期，第 113 頁。

上聲 53＋55 我們、姐姐、好好兒、碗碗兒

去聲 213＋55 四季豆兒、妹妹、凳凳兒、快快

瀘州話：

陰平 44＋44 姑娘　生飯兒

陽平 21＋44 麻糖　牛欄　媒人　浮萍兒

上聲 42＋44 螞蟻

去聲 13＋44 妹妹　大悶呆

入聲 33＋44 滴點兒

2. 變調的音節持續弱化會使音程縮短而成為短調。

神木話輕聲後字都變21短調；中陽話輕聲音高不由前字決定，而總為2度；武漢話輕聲音高一般為3度，個別為5度；廈門話輕聲相當於低2度；蘇州話輕聲分兩種，無喉塞音尾的是21調，有喉塞的是短調2；安慶話輕聲音高都為中3度。這些方言的輕聲雖失去了本調，但其音高並不取決、依附於前字，還有相對獨立性，很可能先經過了如西南官話那樣的變調，後來才變為短調。如瀏陽話後一音節變調後，進一步弱化變為短調（X代表任一聲調）：

X＋陰平 33（變3）三哥、大哥

X＋陽平 55（變4）富農、滌綸

X＋上聲 24（變4）杯子、椅子

X＋去聲 11（變1）他個、好個

X＋入聲 44（變3）壺哩、手哩

煙臺話輕聲短調調值取決於前一音節調值：

平聲 31 ＋輕聲 21 親戚、箱子

上聲 14 ＋輕聲 55 尾巴、晚了

去聲 55 ＋輕聲 31 笑話、尋思

3. 短調音節進一步弱化，不但調值模糊而且會消磨掉韻母乃至聲母，與前一音節融合為一個新的音節。

垣曲話中相當於北京話輕聲子尾詞的Z變音以前字變長調來表現：

陰平：獅 31 ──獅 Z 224　月 31 ──月 Z 224

陽平：脖 13 ──脖 Z 442　蹄 13 ──蹄 Z 442

去聲：面 53 ──面 Z 224　帽 53 ──帽 Z 224

聞喜話 Z 變音的聲調經歷著從城關的長調到南鄉的失落長調的不同變化，但與單字調有別，最後在北垣完成與單字調的趨同。獲嘉話的 Z 變音除了僅有的三個韻外，都不再保持長調，而是擠進了正常長度的聲調框架。北京話輕聲的去聲化現象，未經過由「一個正常聲調＋短調」向「一個長調」的變化，而是短調在特定的語音環境下向正常單字調的直接歸併。

這一系列的生態運動，表明輕聲的確不是調類的增加，本質上就是音節新陳代謝維持動態穩定的生存手段。

（三）文白異讀生態運動

通常認為文讀多指讀書音，白讀多指口語音，這只是共時層面上不同生態環境的語用表現。如果從歷時考察，歷史上的文讀往往被當成共時層面的白讀，而共時層面的文讀也有不同的時間或地域層次。兒化、輕聲不需要與其他音系發生信息交流，在語流中通過本音系的自我調節就可實現。文白異讀與兒化、輕聲不是一回事，一個音系必須與其他語言或方言的音系發生關係，通過不同音系之間的信息交流，吸收其他語言或方言的語音成份才能產生文白異讀。文白異讀不是簡單的語音複製疊加在本音系中，而是把吸收的語音成份按照本音系的格局整合為一個具有自組織能力的有機系統。一種古老的方言可能包含若干歷史層次的文白異讀，這些不同歷史層次的文白異讀處於同一個音系中，相互作用，相互協同，相互整合，一方面強化原有的生態位，另一方面佔據更多的生態位，增強了音系對環境的適應性和生存的競爭力。

任何語言都在特定的生態環境中不斷與環境進行信息交流，改善自身的信息結構，努力增強自己的競爭力，因此，語言變異是絕對的，語言穩定是相對的。生態環境的變動不居是語言變異的引擎，生態環境的相對穩定則是語言保持古老質素的必要前提。生態環境變化節奏快的語言或方言，古老質素消磨的速度與之成正比，反之亦然。任何音系都是如此，文白異讀也不例外，永遠處於動態的相對平衡。北方型方言由於三千年來中原大地社會變動劇烈，其文白異讀在音系中數量既少，體系也不完備，古老質素所存無幾；南方型方言的生態環境相對穩定，文白異讀數量既多，體系性也比較嚴整，保存的古老質素堪稱語言的活化石。

文白異讀的變化消長，來自音系內外兩個方面的生態運動。首先是音系所處地域環境中其他語言或方言音系的外力作用，其次是音系為適應特定的環

境，爭取生存空間，試探進化方向而進行的整合與創新。蔡國妹《莆仙話文白異讀的過渡性特徵》一文認為：「莆仙話白讀歷史上與閩南話屬同一支派，而後來有了自己不同於閩南話的發展，其中一些發展是閩東話影響的結果，另外一些是莆仙方言自身的演變（特別是音系簡化）而致。」〔註29〕這個結論基於該文對莆仙話文白異讀在數量、類型、音值、創新四個方面的考察。

1. 數量考察

莆田、仙遊兩縣在唐代歸泉州管轄，莆仙話是閩南話的一個分支，而其處於閩東方言與閩南方言交界之地，特定的生態環境下不可避免地受到閩東方言的影響，它在吸收閩東方言的語音成份的同時本音系裏的文白異讀逐漸消磨，難以完整地保持閩南話的文白異讀格局。該文就《漢語方言字彙》3000個條目中廈門話和福州話的記音與莆仙話進行比照：

表6.45　廈門、福州、莆仙文白異讀字數比較表

方　言	廈　門	福　州	莆　仙
文白異讀字數	1168	504	654
占3000的百分比	38.9%	16.8%	21.8%

廈門、福州、莆仙三地內部文白異讀字數比較：

三地文白異讀總字數：1260　100%

三地均有：319　25.3%

廈門、莆仙共有而福州無：335　26.6%

莆仙、福州共有而廈門無：0　0%

廈門、福州共有而莆仙無：89　7.1%

廈門獨有：425　33.7%

莆仙獨有：0　0%

福州獨有：92　7.3%

漢人從中原南下，泉州、漳州、廈門話保存的古老質素最多，世所公認。福州話比較遜色，莆仙話雖是閩南話的分支，但為了在閩東與閩南方言交界的特殊環境中繼續生存與發展，文白異讀格局不得不作出調整。

〔註29〕蔡國妹《莆仙話文白異讀的過渡性特徵》，《福建師範大學學報》（哲學社會科學版），2008年第4期，第110～114頁。

2. 類型考察

廈門話 61 類聲母異讀在莆仙話中消失了 13 類，占 21%；

77 類陰聲韻文白異讀莆仙話消失了 27 類，占 35%；

84 類陽聲韻（包括鼻化韻）文白異讀莆仙話消失了 27 種，占 32%；

81 類入聲韻文白異讀莆仙話消失了 40 類，占 50%。

合起來，廈門話 242 類韻母異讀中，莆仙話消失了 98 類，占 39%。可見，莆仙話文白異讀的類型與廈門話為代表的閩南話已經產生了較大的差異。

3. 音值考察

中古山攝和梗攝舒聲韻在閩南話和仙遊話中往往文讀為陽聲韻白讀為鼻化韻（閩南話部分為聲化韻），莆田話鼻音色彩脫落為陰聲韻。而閩東話或者只有一讀，或者文白讀均為陽聲韻。

山攝如：

	半	看	飯
閩南	［puan5 pũã5］	［k'an5 kũã5］	［huan6 pŋ6］
仙遊	［puoŋ5 puã5］	［k'aŋ5 k'uã5］	［huoŋ5 puĩ6］
莆田	［puaŋ5 pua5］	［k'aŋ5 k'ua5］	［huaŋ5 pue6］
閩東	［puaŋ5］	［k'aŋ5］	［xuan5 puɔŋ5］

梗攝文讀廈門、福州、莆仙均為陽聲韻，略。白讀如：

	生	平	井	名	請	聽
閩南	［sĩ1］	［p'ĩ2］	［tsĩ3］	［bĩã2］	［ts'ĩã3］	［t'ĩã1］
仙遊	［ɬã1］	［pã2］	［tsã3］	［mia2］	［ts'iã3］	［t'iã1］
莆田	［ɬa1］	［pa2］	［tsa3］	［mia2］	［ts'ia3］	［t'ia1］
閩東	［saŋ1］	［p'aŋ2］	［tsaŋ3］	［miaŋ2］	［ts'iaŋ3］	［t'iaŋ1］

在閩南話、莆仙話都有文白之分，而閩東話沒有或很少有的韻。

A. 山咸兩攝一、二等舒聲韻。如：

	膽	三	爛
閩南	［tam3 tã3］	［sam1 sã1］	［lan6 nũã6］
莆仙	［taŋ3 tɒ3］	［ɬaŋ1 ɬɒ1］	［laŋ6 nua6］
閩東	［taŋ3］	［saŋ1］	［laŋ6］

B. 山攝開口一等促聲韻。如：

	辣	撒	喝（叫）
閩南	［lat8 luaʔ7］	［sat7 suaʔ7］	［hat7 huaʔ7］
莆仙	［laʔ8 lua2］	［łaʔ7 łua6］	［haʔ7 hua6］
閩東	［laʔ8］	［saʔ7］	［xaʔ7］

C. 山攝開口三四等韻。如：

	天	年	見
閩南	［tʻiɛn1 tĩ1］	［liɛn2 nĩ2］	［kiɛn5 kĩ5］
莆仙	［tʻeŋ1 tʻiŋ1］	［neŋ2 niŋ2］	［keŋ5 kiŋ5］
閩東	［tʻieŋ1］	［nieŋ2］	［kieŋ5］

D. 宕攝一等韻。如：

	榜	湯	光
閩南	［pɔŋ3 pŋ3］	［tʻɔŋ1 tʻŋ1］	［kɔŋ1 kŋ1］
莆仙	［pɒŋ3 puŋ3］	［tʻɒŋ1 tʻuŋ1］	［kɒŋ1 kuŋ1］
閩東	［pouŋ3］	［tʻouŋ1］	［kuɔŋ1］

E. 宕攝開口三等韻。如：

	牆	張	鄉
閩南	［tsʻiɔŋ2 tsĩũ2］	［tiɔŋ1 tĩũ1］	［hiɔŋ1 hĩũ1］
莆仙	［tsʻyɒŋ2 tsʻiau2］	［tyɒŋ1 tiau1］	［hyɒŋ1 hiau1］
閩東	［tsʻuɔŋ2］	［tuɔŋ1］	［xyɔŋ1］

4. 創新考察

莆仙話相對於閩南話的文白異讀，總的呈現萎縮態勢，表現為三種情況：

（1）保　持

閩南話中約有一半的文白異讀字在莆仙話中仍有異讀，有些一文多白的也保持下來。如：

	上		生		丈	
	閩南	莆仙	閩南	莆仙	閩南	莆仙
文	［siɔŋ6］	［łyɒŋ6］	［sɪŋ1］	［łeŋ1］	［tiɔŋ6］	［tyɒŋ6］
白1	［tsĩũ6］	［łiau6］	［sĩ1］	［ła1］	［tĩũ6］	［tiau6］
白2	［tsĩũ6］	［tsʻiau6］	［tsĩ1］	［tsʻa1］	［tŋ6］	［tuŋ6］

	影		清		缺	
	閩南	莆仙	閩南	莆仙	閩南	莆仙
文	［ŋ3］	［iŋ3］	［ts'ɪŋ1］	［ts'iŋ1］	［k'uat7］	［k'øʔ7］
白1	［ĩã3］	［ia3］	［ts'aŋ1］	［tsiŋ1］	［k'eʔ7］	［k'ue6］
白2	［ŋ3］	［ŋ3］	［tsĩã1］	［ts'ia1］	［k'iʔ7］	［k'i6］
白3			［tsĩ1］	［ts'a1］		

（2）減　少

閩南話中一文多白的異讀莆仙話雖有少量保持，但異讀已明顯減少。如：

	成		糊		敢	
	閩南	莆仙	閩南	莆仙	閩南	莆仙
文	［sɪŋ2］	［ɬiŋ2］	［hɔ2］	［hou2］	［kam3］	［kaŋ3］
白1	［tsĩã2］		［k'ɔ2］		［kan3］	
白2	［sĩã2］	［ɬia2］	［kɔ2］	［kou2］	［kã3］	［kɒ3］
白3	［tsĩã2］	［ts'ia2］				

	明		節		平	
	閩南	莆仙	閩南	莆仙	閩南	莆仙
文	［biŋ2］	［miŋ2］	［tsiet7］	［tseʔ7］	［piŋ2］	［piŋ2］
白1	［bin2］		［tsat7］		［pĩã2］	
白2	［mĩã2］	［mia2］	［tsueʔ7］	［tse6］	［pĩã2］	［pia2］
白3	［mẽ2］	［ma2］			［pĩ2］	
白4：					［pĩ2］	［pa2］

（3）消　失

閩南話中約五分之二的文白異讀類型在莆仙話中消失，多讀變為一讀。例如：

	廈　門	莆　仙
歌	［ko1 / kua1］	［kɒ1］
瓜	［kua1 / kue1］	［kua1］
豬	［tu1 / ti1］	［ty1］
照	［tsieu5 / tsio5］	［tsiau5］
產	［san3 / sũã3］	［ɬaŋ3］
封	［hɔŋ1 / paŋ1］	［hɒŋ1］

莆仙話韻類的合併和部分鼻化韻的消失，還有陽聲韻尾［-m］、［-n］、

［-ŋ］和塞音韻尾［-p］、［-t］、［-k］分別合併為［-ŋ］和［-ʔ］，導致文白異讀萎縮，音系不可避免趨於簡化。尤其是韻類的合併使文白異讀消失，如［io］和［iau］在閩南話中分立，而莆仙話中只有［iau］。因此凡是閩南話中由［io］、［iau］構成的文白對立，在莆仙話中只有一讀，這樣的生態運動為音系格局的創新提供了機遇。莆仙話最引人注目的創新是：一些使用頻率較高的中古入聲字喉塞韻尾脫落，隨之而來的是文讀入聲韻與白讀陰聲韻的對立格局。如：

	月	學	食	百	麥	石
閩南	［geʔ8］	［oʔ8］	［tsiaʔ8］	［peʔ7］	［peʔ8］	［tsioʔ8］
福州		［ɔʔ8］	［sieʔ8］	［paʔ7］	［maʔ8］	［suɔʔ8］
莆仙	［kue2］	［o2］	［ɬia2］	［pa6］	［pa2］	［ɬiau2］

　　半個多世紀以來，人為的作用使普通話對各方言施加了不可忽視的影響，普通話的強勢侵入是不少方言構成文白異讀新格局的重要外因。丹陽處於北方型方言與吳語的交界之地，其文白異讀明顯與生態環境互動，呈現出與莆仙話不同的嬗變規律和格局。徐娟娟《丹陽方言文白異讀與語音演變》一文指出，丹陽方言文白異讀原有音系層面和詞彙層面兩種形式，但在當今環境條件下已經發生改變。通過歷史材料與實際語音的比較，丹陽話文白異讀的嬗變表現為三種生態運動：〔註30〕

1. 隨機生態競爭

　　有些字的異讀音被人們隨機使用其中的一種或幾種，已不再是文讀與白讀的差別。一字多音現象顯示每種讀音都缺乏穩定性，幾種異讀音同時存在競爭態勢，使用頻率低或沒有人使用的讀音最終會自行消失。下面所列 20 個字的多種異讀形式反映了這種不穩定性：

	白讀	文讀	今讀 1	今讀 2
汰	［tʻɑ²⁴］	［tʻæ²⁴］	［tʻɑ²⁴］	［tʻæ²⁴］
憑	［piŋ²⁴］	［pʻiŋ³³］	［piŋ²⁴］	［pʻiŋ³³］
留、瘤	［le³³］	［lɣ³³］	［le³³］	［lɣ³³］
倫、輪	［leŋ³³］	［lueŋ³³］	［leŋ³³］	［lueŋ³³］

〔註30〕徐娟娟《丹陽方言文白異讀與語音演變》，《暨南學報》（哲學社會科學版），2012 年
　　　　第 3 期，第 125～129 頁。

first第六章　漢語的生態運動

叉、杈、差（缺欠）	[tsʻo³³]	[tsʻɑ³³]	[tsʻɑ³³]	[tsʻo³³]
除	[tsu³³]	[tsʻu²⁴]	[tsu³³]	[tsʻu²⁴]
皺	[tɕY²⁴]	[tse²⁴]	[tɕY²⁴]	[tse²⁴]
鯊	[so³³]	[sɑ³³]	[so³³]	[sɑ³³]
加	[ko³³]	[tɕiɑ³³]	[ko³³]	[tɕiɑ³³]
攪	[kɔ⁵⁵]	[tɕiɔ⁵⁵]	[kɔ⁵⁵]	[tɕiɔ⁵⁵]
虐	[n̠iaʔ⁴]	[ɕYʔ⁴]	[n̠iaʔ⁴]	[n̠Yʔ⁴]
杏	[xeŋ¹¹]	[n̠iŋ²⁴]	[xeŋ¹¹]	[ɕiŋ²⁴]
陷	[ɕɪ²⁴]	[xæ¹¹]	[ɕɪ²⁴]	[xæ¹¹]
詞	[tsɿ²⁴]	[tsʻɿ³³]	[tsɿ²⁴]	[tsʻɿ³³]
鵬	[pʻɔŋ²⁴]	[peŋ²⁴]	[pʻɔŋ²⁴]	[peŋ²⁴]
味	[mi¹¹]	[vi²⁴]	[mi¹¹]	[vi²⁴]

2. 有限生態競爭

所謂有限，是指在特定環境特定條件下的生態運動。字音在特定的語詞或場合中出現異讀，而這些特定語詞的異讀反映的就是文讀與白讀的區別：

	白讀	文讀	今讀 1	今讀 2
鬼	[tɕY⁵⁵]	[kue⁵⁵]	[tɕY⁵⁵]（小鬼）	[kue⁵⁵]
聞	[meŋ³³]	[veŋ³³]	[meŋ³³]（新聞）	[veŋ³³]（聞到）
吹	[tsʻu³³]	[tɕʻye³³]	[tsʻu³³]	[tɕʻye³³]（吹了）
夏	[xo¹¹]（夏天）	[ɕiɑ²⁴]	[xo¹¹]（夏天）	[ɕiɑ¹¹]（姓）
玉	[ʔɕi⁴]	[y¹¹]	[y¹¹]（玉米、寶石）	[ioʔ⁴]（寶石、姓名）

由於普通話的強勢侵入，新產生的文讀音與原有的文讀音處於競爭態勢。以「人」、「日」兩字為例，可見新文讀的產生造成原有的文白異讀格局改變。如果新舊文讀勢均力敵，丹陽話可保持文讀的歷史層次，如果普通話的影響進一步加強，舊文讀音的式微勢所難免。

	白讀	文讀	今讀 1	今讀 2	今讀 3
人	[niŋ²⁴]	[ieŋ³³]	[niŋ³³]（單稱）	[ieŋ³³]（人民）	[leŋ³³]（人民）
日	[n̠iʔ⁴]	[iæʔ⁴]	[n̠iʔ⁴]（日腳）	[iæʔ⁴]（日本）	[læʔ⁴]（日本）

單稱的「人」和「日腳（日子）」的「日」讀音都屬白讀層，而另兩種讀音都是文讀音，其中今讀 2 與原文讀層相同，屬舊文讀，而今讀 3 則是受到普通話影響產生的新文讀音。即：

	白　讀	舊文讀	新文讀
人	[niŋ²⁴]	[ieŋ³³]	[leŋ³³]
日	[n̠i?⁴]	[iæ?⁴]	[læ?⁴]

3. 文白異讀消磨

　　生態競爭有三種結果：文白異讀徹底消磨，由新產生的其他讀音取代；或只保留白讀音；或只保留文讀音。整個音系因文白異讀的消磨而趨於簡化。

　　只保留白讀音的，例如：

	白　讀	文　讀	今　讀
婆	[pə²⁴]	[p'ə³³]	[pə²⁴]
怕	[p'o²⁴]	[p'ɑ²⁴]	[p'o²⁴]
爬	[po³³]	[p'ɑ³³]	[po³³]
麻	[mo³³]	[mɑ³³]	[mo³³]
罵	[mo¹¹]	[mɑ²⁴]	[mo¹¹]
茶	[tso²⁴]	[ts'ɑ³³]	[tso²⁴]
沙	[so³³]	[sɑ³³]	[so³³]
馬	[mo²⁴]	[mɑ⁵⁵]	[mo²⁴]
牙	[ŋo³³]	[iɑ³³]	[ŋo³³]
野	[iɑ⁵⁵]	[ie⁵⁵]	[iɑ⁵⁵]
瓜	[ko³³]	[kua³³]	[ko³³]
你	[ŋ²⁴]	[n̠i⁵⁵]	[ŋ²⁴]
厚	[ke²⁴]	[xe²⁴]	[ke²⁴]
夾	[kɑ?³]	[tɕia?³]	[kɑ?³]
眼	[ŋæ²⁴]	[ɿ⁵⁵]	[ŋæ²⁴]
晚	[mæ²⁴]	[væ⁵⁵]	[mæ²⁴]
蚊	[meŋ³³]	[veŋ³³]	[meŋ³³]
角	[kɔ?³]	[tɕia?³]	[kɔ?³]

　　只保留文讀音的，例如：

	白　讀	文　讀	今　讀
黴	[mæ³³]	[me³³]	[me³³]
防	[pɑŋ²⁴]	[fɑŋ²⁴]	[fɑŋ²⁴]
袖	[tɕɤ¹¹]	[ɕɤ²⁴]	[ɕɤ²⁴]
旋	[tɕɤ¹¹]（旋轉）	[ɕɤ¹¹]（凱旋）	[ɕɤ¹¹]

席、蓆	$[t\varepsilon i\ʔ^4]$	$[\varepsilon i\ʔ^4]$	$[\varepsilon i\ʔ^4]$
象	$[t\varepsilon ie^{11}]$ （象牙）	$[\varepsilon ie^{11}]$ （動物）	$[\varepsilon ie^{11}]$
展	$[t\varepsilon ɿ^{55}]$	$[ts\ae^{55}]$	$[ts\ae^{55}]$
貴	$[t\varepsilon y^{24}]$	$[kue^{24}]$	$[kue^{24}]$
歸	$[t\varepsilon y^{33}]$	$[kue^{33}]$	$[kue^{33}]$
跪、櫃	$[t\varepsilon y^{11}]$	$[kue^{11}]$	$[kue^{11}]$
孝	$[x\mathopen{}ɔ^{24}]$	$[\varepsilon i\mathopen{}ɔ^{24}]$	$[\varepsilon i\mathopen{}ɔ^{24}]$
霞	$[t\varepsilon ia^{24}]$	$[\varepsilon ia^{33}]$	$[\varepsilon ia^{33}]$
永、泳	$[yŋ^{55}]$	$[i\mathopen{}ɔ\mathopen{}ŋ^{55}]$	$[i\mathopen{}ɔ\mathopen{}ŋ^{55}]$

（四）音系整合生態運動

音系整合是語音系統與生態環境相互作用，相互協同，吸收異質語言成份對自身進行解構與建構的生態運動。新建構的音系不僅兼具兩種或兩種以上語言的特徵，有的音系還可能形成新的特徵。音系整合的實質是千方百計在複雜多變的環境中尋找進化方向。

文白異讀格局的嬗變會導致音系內部自我調整，強勢語言或方言的侵入則會促使音系重新整合以適應新的生態環境。任何語言或方言吸收異族語言或其他方言的成份，總是在自身音系允許的框架內進行重新整合，使新生的音系能夠與新的生態環境建構為一個更具有自組織能力生命力更強的生態語言系統。學界通常把兼具兩種或兩種以上語言特徵的語言或方言稱為「混合語」，混合即拼湊，但是任何語言系統都是一個有機的嚴密科學體系，是不容許不符合體系的任何成份混雜拼湊的，因為拼湊不能產生具有自組織能力的有機系統。世界上從來就沒有所謂「混合語」，倒是不乏在幾種語言或方言基礎上整合而成的語言或方言。

湖南茶陵縣下東鄉黃堂村 90%的居民姓彭，彭姓居民的祖籍是江西泰和，使用贛語。北宋天聖八年（1030 年），彭姓自泰和遷到黃堂，處於湖南、江西兩省交界之地，族群的生活環境和母語存在的生態環境都發生了變化。李珂《湖南茶陵下東方言語音中贛語和湘語混合的特點》（《湖南師範大學社會科學學報》2006 年 3 月第 35 卷第 2 期）一文的調查研究表明：現在的黃堂村方言既與南昌話、長沙話有相同之處，又具有不同於贛語和湘語的特徵。

黃堂村方言與南昌話相同之處：古代全濁聲母現在清化，其中清塞音、濁

塞擦音聲母一律送氣；擦音聲母有兩套，具有明顯的贛語特點。黃堂村方言與長沙話相同之處是：古代泥、來兩母，現代根據韻母開頭音素類型的不同進行區分，即洪音韻母前不區分，細音韻母前區分；不分尖音和團音，這是湘語的特徵。黃堂村方言與長沙話、南昌話不同的是：有一套舌尖後音聲組，非組和曉組聲母跟合口韻母組合不發生混淆，這與北京話一致，與湘、贛語不同；鼻化韻母比長沙話、南昌話都多；湘、贛語一般保持入聲調類，而黃堂村方言沒有入聲。顯然，目前的黃堂村方言音系，絕不是湘、贛語的簡單混合拼湊，而是歷時千年，音系與生態環境相互作用，相互協同，吸收異質語言成份對自身進行解構與建構的結果。

面對強勢語言或方言的入侵，音系在吸納外來語言成份的同時自身進行整合，以求在新的環境中尋找進化方向。曾莉莉考察了贛語豐城的青年男子和老年男子的言語狀況，發現青年一代的豐城話音系在普通話的強力影響下，出現了引人矚目的變化。這些變化表明人群系統在生態語言系統嬗變的關鍵時段具有重要作用，這種作用加快了方言音系的解構與建構，是現代漢語方言個性化特徵磨損，共性化增加的催化劑。曾莉莉通過對豐城話青年與老年男子聲母、韻母、聲調和文白異讀的對比分析，指出普通話的強勢影響使贛方言標誌性特徵在短短幾十年間磨損，具體表現在八個方面：〔註31〕

1. 贛語一個最主要的特徵是古全濁聲母仄聲字今讀塞音、塞擦音時為送氣的清音，而青年男子已經大部分與普通話一樣讀不送氣的清音了。

2. 見系二等字大部分的贛語都保留著古音讀〔k、kʻ、h〕，而青年男子與普通話一樣讀〔tɕ、tɕʻ、ɕ〕。

3. 增加了聲母〔n〕。

4. 讀〔ŋ〕、〔ȵ〕聲母的字變讀為零聲母。

5. 韻母中具有贛語特徵的主要元音向普通話演變，或增加介音：

A. 主要元音〔ε〕開始發生變化。如豐城話蟹開一中的〔εi〕韻，流開一、效開三、效開四中的〔εu〕、〔iεu〕韻，咸開三、山開三、山合一、曾開一（文讀）、梗開二（文讀）中的〔εn〕韻，青年男子多變讀為〔ai〕、〔ɑu〕、〔iɑu〕、〔əu〕、〔an〕、〔ən〕。

〔註31〕曾莉莉《從青老男方言的語音差異看普通話對方言的影響》，《宜春學院學報》，2017年10月第39卷第10期，第67～76頁。

B. 果攝端組［o］，山合一端組［on］、［θʔ］，宕開三莊組［ɔŋ］，江開二知組［ɔŋ］、［ɔʔ］，老年男子沒有介音［u］，青年男子全部添加介音讀為［uo］、［uon］、［uθʔ］、［uɔŋ］、［uɔʔ］。

C. 撮口呼的字越來越多。如遇合三端組見組［i］和臻合三［in］都讀齊齒呼，而青年男子都變讀為撮口呼讀［y］、［yn］。

D. 蟹合一灰韻、止開三脂韻幫組字贛語多讀［i］，而青年男子開始變讀為［ei］。如脂韻字老年男子仍讀［i］，青年男子則讀［ei］。

6. 入聲韻的主要元音或相混淆或向相對應的普通話元音靠近。入聲調值非常混亂，多數偏書面語的入聲字消失，變讀為非入聲。

7. 古平聲字和古去聲字之間清濁交錯聲調合流的現象是贛語宜瀏片的顯著特徵。豐城話的古全濁上聲字、次濁去聲字、全濁去聲字部分歸陰平，但這一現象在青年男子的語音中幾乎全部消失。

8. 白讀音逐漸消失，並產生新的文白異讀。

生存競爭的嚴酷現實迫使弱勢方言不得不棄舊圖新。贛語也好，其他方言也罷，要嗎放棄母語，改用普通話，要嗎解構自身，建構一個新音系。

不僅漢語各方言之間，方言與共同語之間，而且不同民族的語言之間，同樣存在嚴酷的生存競爭。每一種語言或方言要在特定的生態環境中繼續生存和發展，保持既有的生態位，整合音系以維持系統與環境的信息交流和動態平衡，顯然是非常必要的生態運動和重要的生存手段。漢語和土家語分屬不同的語族，土家語在與漢語長期的接觸過程中，由於漢語借詞的強勢滲透，引起聲母、韻母和聲調的嬗變。李啟群對湖南龍山靛房鄉土家語音系的考察，提供了音系整合的現實範例。〔註32〕

1. 漢語借詞對聲母的影響

靛房鄉土家語［n］、［l］對立，龍山漢語［n］、［l］不分，「你」、「李」都讀［ni⁵³］。目前靛房鄉土家語出現［n］、［l］自由變讀：「臘月」［la³⁵ / na³⁵ jie²¹］、「今年」［lũ²¹ / nũ²¹pai²¹］、「人」［lo⁵³ / no⁵³］。靛房鄉土家語本無［f］聲母，龍山漢語［f、x］均有，如「火」讀［ho⁵³］、「飛」、「灰」讀［fei⁴⁴］。目前

〔註32〕李啟群《漢、土家語的接觸對土家語的影響——龍山靛房土家語音系變化之分析》，《吉首大學學報》（社會科學版），2008 年 3 月第 29 卷第 2 期，第 155～160 頁。

靛房鄉土家語［f］、［x］自由變讀：「豆腐」［tu³⁵fu⁵³／xu⁵³］、「雙鳳溪」（地名）［so²¹fu²¹／suã²¹xoũ²¹ tɕʻi⁵⁵］。

2. 漢語借詞對韻母的影響

靛房鄉土家語早期沒有鼻化成份，漢語借詞的滲透使其產生了大量鼻化元音。中古時期漢語韻母收尾［-m、-n、-ŋ］的舒聲字，即現代普通話音系中 16 個鼻尾韻，在靛房鄉土家語中都成了鼻化音：咸、山、宕、江攝的舒聲字讀［ã、iã、uã］，深、臻、曾、梗攝的舒聲字讀［ĩ、ẽ、uẽ］，通攝的舒聲字讀［ũ、iũ］。靛房鄉土家語原來沒有［io、ou］這兩個韻母，早期借詞多以［iau］代替［io］，以［iu］或［u］代替［ou］，現代借詞直接吸收［io、ou］。例如：

	早期借詞	現代借詞	固有詞
學生	［ɕiau³⁵sẽ⁵⁵］	［ɕio³⁵sẽ⁵⁵／sẽ²¹］	［tsʻɿ⁵⁵tʻu⁵⁵ma⁵³］
藥匠（草醫）	［jiau³⁵tɕiã⁵⁵］	［jio²¹tɕiã²¹］	［se²¹tso²¹］
手錶	［siu³⁵piau⁵⁵］	［sou⁵³piau⁵³］	
綢子	［tɕʻiu²¹tsɿ²¹］	［tsʻou²¹tsɿ²¹］	
樓板（木地板）	［lu²¹pa⁵³］	［lou²¹pã²¹］	
小兜兜（兜肚）	［tu⁵⁵tu⁵⁵pi²¹］	［tou⁵⁵tou⁵⁵pi²¹］	

3. 漢語借詞對聲調的影響

田德生、何天貞等編撰的《土家語簡志》（北京，民族出版社 1986 年 10 月版）記錄靛房鄉土家語有三個聲調：高平調 55、高升調 35、低降調 21，並指出一般情況在句中或句首讀 55，在句末或單獨成句的詞中讀 53、54、51 調。據李啟群的調查，現在靛房鄉土家語的高降調已確立，無論在什麼條件下都可以讀成 53.例如：狗［xa⁵³lie²¹］、蠶［sai⁵³pi²¹ma²¹ma⁵⁵］、花［kʻa⁵³pʻu⁵³］、蔥［za⁵³kʻe²¹tsʻɿ²¹］、平原［pi⁵³tʻiau⁵³］、辣椒［pʻa⁵³zo⁵³ku⁵³］、螞蟥［pʻie⁵³la²¹］、鬍子［la⁵³pʻa²¹］、掃帚［se⁵³kʻe⁵³pʻa⁵³］、團藪［sa⁵³mi⁵³］。又如數詞「四［ze⁵³］」，無論單念或在短語「四個［ze⁵³pu⁵⁵］」、「四擔稻穀［li⁵³pu⁵⁵ze⁵³pa²¹］」中，讀音都是［ze⁵³］，說明高降調在靛房鄉土家語中已相當穩定。李啟群把《土家語簡志》中讀上聲的漢語借詞與其調查材料相比較，確證龍山漢語高降調 53 與靛房鄉土家語漢語借詞的聲調嚴整對應：

	《土家語簡志》	靛房鄉土家語	龍山縣城漢語
黨員	［tã⁵³jiã²¹］	［tã⁵³jiã²¹］	［taŋ⁵³yã²¹］

總理	[tsũ⁵⁵li⁵⁵]	[tsũ⁵⁵li⁵⁵]	[tsoŋ⁵³ni⁵³]
主人	[tsu⁵⁵zẽ²¹ka²¹]	[tsu⁵⁵zẽ²¹ka²¹]	[tsu⁵³zən²¹ka²¹]
縣長	[çiã³⁵tsã⁵⁵]	[çiã³⁵tsã⁵³]	[çiã²⁴tsaŋ⁵³]
火車	[xo⁵⁵ts‘e⁵³]	[xo⁵³ts‘e⁵⁵ / ts‘e²¹]	[ho⁵³ts‘ei⁴⁴⁻²¹]
馬	[ma⁵⁵]	[ma⁵³]	[ma⁵³]

漢語借詞的強勢侵入迫使靛房鄉土家語音系整合，建構的新音系與龍山漢語趨於近似：

1. 聲母系統

龍山漢語（洗車河）有18個聲母，比靛房鄉土家語多了 [f]，而靛房鄉土家語比龍山漢語（洗車河）多了 [l、ɣ、w、j] 4個聲母。

2. 韻母系統

龍山漢語（洗車河）有 36 個韻母，靛房鄉土家語有 26 個韻母，兩者的主要差異是：靛房鄉土家語鼻化元音豐富，龍山漢語鼻音尾韻母在靛房鄉土家語中都成了鼻化元音；靛房鄉土家語沒有撮口呼韻母，靛房鄉土家語中的漢語借詞把龍山漢語撮口呼韻母的字大多讀成齊齒呼。例如：

	龍山縣城漢語	靛房鄉土家語
人工降雨	[zən²¹koŋ⁴⁴tɕiaŋ²⁴y⁵³]	[zẽ²¹kũ⁵⁵tɕiã³⁵ji⁵³]
娃娃魚（大鯢）	[ua²¹ua²¹y²¹]	[wa²¹wa²¹ji²¹]
敬老院	[tɕin²⁴nau⁵³yã²¹]	[tɕĩ³⁵lau⁵³jiã³⁵]
解放軍	[kai⁵³huaŋ²⁴⁻²¹tɕyn⁴⁴]	[kai⁵³xã²¹tɕĩ⁵⁵]
宣傳	[çyã⁴⁴tɕ‘yã²¹]	[çiã⁵⁵ts‘uã²¹]
裙子	[tɕ‘yn²¹tsɿ⁵³⁻²¹]	[tɕ‘ĩ²¹tsɿ²¹]

3. 聲調系統

高降調 53 隨著漢語借詞的進入，在靛房鄉土家語裏站住腳跟，靛房鄉土家語由原來的三個調類變為四個，與龍山漢語（洗車河）的聲調系統保持嚴整的對應關係：

例　字	陰　平 深	陽　平 苔	上　聲 早	去　聲 醋
龍山漢語（洗車河）	[sən⁴⁴]	[sau²¹]	[tsau⁵³]	[ts‘əɤ²⁴]
土家語（靛房鄉）	[sẽ⁵⁵]	[sau²¹]	[tsau⁵³]	[ts‘u³⁵]

例　字	方	黃	巧	貴
龍山漢語（洗車河）	[huaŋ⁴⁴]	[uaŋ²¹]	[tɕʻiau⁵³]	[kuei²⁴]
土家語（靛房鄉）	[xuã⁵⁵]	[wã²¹]	[tɕʻiau⁵³]	[kuei³⁵]

李啟群對湖南龍山靛房鄉土家語音系變化的分析，揭示了不同民族語言的整合絕非簡單拼湊混合，而是吸收對方的語音成份納入自身音系，原有音系通過自身整合，建構出一個既非原有音系又非對方音系的新格局。

第二節　語義的生態特徵與嬗變

語義是語言成份蘊含的意義，它必須與語音成份結合在一起，才能在言語流中被人感知，起到信息交流的作用。什麼語義與什麼語音成份相結合沒有必然的關係，不同的語言在特定的生態環境中總是選擇最有利於自身生存和發展的生態形式，英語的一個語素可以與單個或多個音節結合，如 red（紅色）、barber（理髮師）、banana（香蕉）、asparagus（蘆筍），俄語亦復如是：я（我）、стул（椅子）、город（城市）、дорогой（珍貴的）、учительница（女教師）。漢語通常是一個語素與一個音節相結合。任何語言都是語義和語音的結合體按一定規則的組合，音、義結合的基本形式是一種語言最根本的生態特徵。我在第四章第三節指出漢語系統基本的生態特徵是單音語素、結構段、位定與位移，因此，漢語的一個語素與一個音節結合為語詞的生態形式，就是漢語語義的本質特徵。

漢語作為以單音語素為基本表意單位的語言，在殷商後期趨於成熟，這一本質特徵大致在春秋時期已完全確立。甲骨文中沒有發現聯綿詞，春秋時期的歷史散文和諸子散文裏聯綿詞很少，但是《詩經》和《楚辭》裏卻有不少聯綿詞。所謂「不少」，是相對於當時散文裏零星的聯綿詞而言，如果與春秋時期書面文獻普遍使用的單音語詞相較，雙音聯綿詞的數量可謂少之又少。根據這樣的事實，學術界早已形成古代漢語是以單音語詞為主的共識。不過，漢語並非從來就是以單音語素為基本表意單位的語言，通過對親屬語言越來越深入的比較研究，漢語在遠古時期應當是沒有聲調的多音節語言，於是有的學者乾脆徹底否定上古漢語以單音節為主的本質特徵。所謂「上古漢語」，如果指的是包括殷商前期在內的先殷商漢語，那是完全可能的；如果認為殷商後期直至春秋時期的漢語，都是多音節語言，那就值得商榷了。古代漢語中一個字形對

應的究竟是一個語素一個音節，還是多個語素多個音節，本來沒有爭議，現在既然發生質疑，那就非討論不可了。

一、語素與音節、字形

語素必須與音節結合為語言成份才能在言語流中傳遞信息，只是因為語音一發即逝，才不得不用字形記錄。可以用多個字形對應一個語素、一個語詞或一個短語，也可以用一個字形對應一個語素或一個語詞。中國目前發現的最早的成系統的文字，是殷商後期盤庚以後的卜辭。《史記·殷本紀》載商代自微（卜辭作「上甲」）至帝辛，商代先王共 23 世 37 王，據卜辭和金文則得 23 世 36 王，比《史記》少中壬、沃丁兩王，卻多出祖己一王。據《書·多士》「惟爾知，惟殷先人，有冊有典。殷革夏命」的記載，殷商早期已有成系統的文字，晚期的甲骨文應當是比較成熟的文字系統。這一文字系統所對應的語音、語義之間究竟是何關係，決定了這一時期漢語的性質。

金理新所著《上古漢語音系》對漢語性質的傳統看法提出質疑：「那種從一個語詞只用一個漢字來記錄的現象推導出上古漢語就是一種以單音節為主的語言的結論是難以站住腳的。相反，一個上古漢語語詞本來只用一個漢字來記錄而後用兩個漢字來記錄的事實恰恰支持了一個與傳統不同的觀點——上古漢語極可能和其他同源語言一樣是一種以多音節為主的語言。」〔註 33〕

其實，春秋時期的漢語是以單音節為主還是多音節為主根本不必推導，只要把當時文本出現的單音語詞和多音語詞做一個窮盡性的統計，統計結果就足夠說明問題了。《左傳》有 196845 字，陳克炯《左傳複音詞初探》（《華中師範大學學報》（人文社會科學版）1978 年第 4 期）一文統計《左傳》有雙音語詞 284 個，568 字，占總字數的 0.29%。《詩經》有 39224 字，程湘清《漢語史專書複音詞研究》（增訂本，商務印書館 2008 年 1 月版）統計《詩經》有雙音語詞 726 個，1452 字，占總字數的 3.7%。即使用雙音語詞出現頻率很高的《詩經》作為統計模本，結果也會發現多音語詞為數太少，遠夠不上為主的份量。

殷商後期盤庚以後的甲骨卜辭，出土約 15 萬片，單字約 5000 多個，其中經考釋能辨認的約 1000 多字，學術界公認卜辭以單音語詞為主。嚴寶剛《甲骨文詞彙中的複音詞》一文得出的統計結果是：「在《甲骨文簡明詞典》中，單音

〔註 33〕金理新著《上古漢語音系》，合肥：黃山書社，2002 年 6 月版，第 4 頁。

節詞彙占總數的 77.5%。……雙音節詞大約有 416 個，占全書詞條的約 20%。」
該文還指出：「甲骨文中的雙音單純詞主要是通過借音方式構成的，如天干、地
支字本是借音字，兩者配合用以記時的天干地支配合詞，也是借音詞。另外如
人名『自般』、『上絲』也是借音構成的單純詞。我們在《甲骨文簡明詞典》中發
現 62 例。」〔註34〕其實這 62 例所謂雙音單純詞並不可靠，下文在考察甲骨文
語法時還會討論。殷墟甲骨卜辭中用兩個漢字、兩個音節對應一個語素的例子
幾乎沒有。那麼，用一個漢字、一個音節對應兩個或兩個以上語素的例子有沒
有呢？金理新說：「比如『百』字，甲骨文中的意思是『一百』，是一個短語而
非一個語詞。」〔註35〕第一期甲骨文「百」（《林》一・一・一四）作「◌」，沒
有上面的一橫，表示「百位數」。後來上加一橫表示「一百」，也表示「百位數」，
可見上加一橫的「百」實質上是合文，即兩個字符寫在一起表示「一百」。甲骨
文「二百、三百、五百、六百」都是合文，並非一個字符對應一個短語。金理
新認為：「『鳳凰』一詞的古漢字，甲骨文中又出現了後來發展起來的兩種不同
的寫法，一是在原『圖畫』上加『凡』聲符（《拾》七・九），一是在原『圖畫』
上加『兄』聲符（《甲》三九一八）。利用一些簡單的古音韻知識，我們知道加
『凡』聲符的對應於後代的『鳳』，而加『兄』聲符的對應於後代的『凰』。我
們把兩者合起來，讀音正等於『鳳凰』。可見，『鳳凰』一詞儘管甲骨文只用一
個文字符號，但是其所對應的語詞無疑是雙音節的。」〔註36〕象形字只要加上
聲符就成了形聲字，同一個象形字分別加上兩個不同的聲符說明什麼問題呢？
說明這個字符對應的音節在語流中發生了強弱輕重的變化。以 [ph-] 為聲母的
音節，在語流中如果側重於 [p]，那麼 [h] 就弱化，對應的字符就加「凡」；
反之，發音時側重於 [h]，[p] 就弱化，對應的字符就加「兄」。不論加「凡」
還是加「兄」，兩個不同的字符對應的仍然是同一個音節 [ph-]，與這個音節結
合的也只有一個語素，這個語素說是「鳳」，或者說是「凰」，並不能改變一個
語素對應一個音節的格局。至於後代寫為雙音單純詞「鳳凰」，那是因為複輔音
分化為單輔音，[ph-] 這個音節變成了 [p-]、[h-] 兩個音節，用兩個字符對應
兩個音節是漢語的本質屬性，勢所必然。複輔音分化為單輔音是單音詞開始趨

〔註34〕嚴寶剛《甲骨文詞彙中的複音詞》，《寧夏大學學報》（人文社會科學版），2009 年 9
月第 31 卷第 5 期，第 3～4 頁。
〔註35〕金理新著《上古漢語音系》，合肥：黃山書社，2002 年 6 月版，第 7 頁。
〔註36〕金理新著《上古漢語音系》，合肥：黃山書社，2002 年 6 月版，第 10 頁。

向於複音化的必然現象。

　　甲骨文中的雙音語詞有 416 個，其中雙音單純詞更少，只有 62 個，殷商後期甲骨文所反映的漢語究竟是以單音語詞為主還是多音語詞為主不言而喻。為了證明上古漢語不是一個漢字對應一個音節而是用一個漢字記錄一個雙音節語詞這一判斷，金理新舉出了「廌、易、狸、邂逅、披靡、徘徊」等六例加以分析，接著列舉了「遘」與「邂逅」、「念」與「無念」等 44 例，認為「這些語詞本來只用一個漢字記錄而後來改用兩個漢字來記錄，也就是說一個漢字和兩個漢字所記錄的是同一個上古漢語語詞。」〔註37〕這句話確切地說，即從原來的一個漢字、一個音節對應一個語素，後來變成兩個漢字、兩個音節對應同一個語素。由此得出原來的一個漢字記錄的是一個雙音節語詞的結論。這個結論要求人們把語流音變之後的結果作為語流音變之前的事實來接受，顯然是荒謬的。

　　甲骨文中沒有疊音詞，更沒有春秋時期出現的聯綿詞。金理新認為：「聯綿詞的出現，告訴我們古漢字的性質正發生根本性的轉變，即古漢字已經從記錄語言中的語詞向記錄語言中的音節轉變。」〔註38〕其實，聯綿詞的出現與漢字毫無關係，古漢字的性質也沒有因為聯綿詞的出現而發生任何改變。倒是聯綿詞的出現，標誌著漢語語詞單音節的格局已經鬆動，語詞複音化的時代正在來臨。金理新所舉的下述例子，全都證明了這一點。

　　對應一種動物名稱本來只用一個漢字「廌」，後來卻用了兩個漢字「解廌」或「獬廌」。「廌」又寫作「豸」，《左傳・宣公十七年》：「余將老，使卻子呈其志，庶有豸乎？」杜預注：「豸，解也。」金理新於是做出判斷：「可見，『豸』本來就含有『解』音，即『廌』也含有『解』音。如此看來，『廌』本來在實際語言中應該讀為兩個音節。」「解」與「豸」古音同部，杜預用「解」釋「豸」，近音相訓。《說文》段注：「『廌』與『解』古音同部，是以『廌』訓『解』。《方言》曰：『廌，解也』。」楊伯峻的注更加明白：「言患難得解也。」「廌」之所以寫為「豸」，是因為古音相同而假借。沒有理由斷言被釋詞一定含有訓釋詞的讀音。《說文》和《廣韻》都把「廌」釋為「解廌」，那是在語詞複音化的大趨勢下，語流中的單音語詞在前邊加上一個毫無意義的音節，順應大勢而已。「易」後來寫作「蜥蜴」，「遘」後來寫作「邂逅」，「靡」後來寫作「披靡」，「回」後

〔註37〕金理新著《上古漢語音系》，合肥：黃山書社，2002 年 6 月版，第 5 頁。
〔註38〕金理新著《上古漢語音系》，合肥：黃山書社，2002 年 6 月版，第 5 頁。

來寫作「徘徊」，這與「廌」寫作「解廌」同理。在語流中前加一個無意義音節是漢語單音語詞複音化的一種常見生態形式，金理新舉的例子大都屬此類：念與無念、臍與毘臍、睨與俾倪、寫與披寫、猖與披猖、蝶與蝴蝶、梯與胡梯、麓與胡祿、吳與句吳、闌與句闌、蒙與唐蒙、矇與童矇、唐與啺喤、隸與唐逮、棣與唐棣、突與唐突、蕩與倜儻、蚓與蚯蚓、蟬與馬蟬、蝗與螞蝗、蛭與馬蛭、蝘與馬蝘、瘣與尰隤。在語流中後加一個無意義音節也是漢語單音語詞複音化的一種常見生態形式，金理新舉的例子如：痀與痀僂、果與果蠃、卷與卷婁、號與號咷、垎與坎窞、混與混沌、空與空同、涵與涵澹。

　　至於《儀禮》鄭玄注「貍之言不來也」，則「貍」這個音節可能是複輔音聲母〔pl-〕。在語流中如果語速放緩，就會導致〔pl-〕分化為「不」〔p-〕、「來」〔l-〕兩個音節；如果語速變快而且重音加在流音〔l〕上，〔p〕丟失，那就只能感覺到〔l-〕即「貍」所對應的音節。

　　言語流中語速的快慢輕重不僅影響到複輔音聲母的分化，還直接關係到音節數量的變化。如單音語詞「飆」，慢讀就變成兩個音節「扶搖」。不能因此就認為「飆」是用一個字符對應兩個音節。金理新舉的「頭」與「髑髏」，「穀」與「句瀆」即屬此類。確切地說，「飆、頭、穀」分別是用一個字符對應一個音節、一個語素；「扶搖、髑髏、句瀆」分別是用兩個字符對應兩個音節、一個語素。不能顛倒事實，硬說「飆、頭、穀」是一個字符對應兩個音節。

　　通過以上統計數字和音理分析，從殷商晚期甲骨文反映的漢語到春秋時期書面典籍反映的漢語，表明單音語素即一個語素與一個音節結合為語詞的生態形式，的確是漢語語義的本質特徵。

二、語義的產生與消亡

　　語義結構由義素、義節和義群構成。義素這個術語本是西方語言學用來表示語義中區別性特徵的要素，純屬理性概念，與語音沒有關係。與語音結合而實現言語功能的其實是語素義。為表述方便，這裡以義素涵蓋語素義使用。一個義素或若干義素構成義節，若干義節構成義群。從言語角度看，任一義素、義節、義群，都能與語音形式相對應，構成言語成份；從語言角度看，義素、義節、義群是不同的語義層次，同一層次的單位之間存在組合關係。義素相互組合生成的單位進入上一層級即義節。義節相互組合生成的單位進入上一層級

即義群。義群沒有上限，可以是幾個義節的組合，也可以是成千上萬義節的組合。義節層面上的語義單位之間存在聚合關係，這種關係表現為縱向的母場與子場之間的層次關係和橫向的母場與母場、子場與子場之間的相對關係。

　　語義單位與單位之間的相互關係交織為語義場，同一語義場中各語義單位之間的關係也是縱橫交錯的。第四章第一節舉出普通話親屬關係語義場為例予以說明。一個漢語語詞在不同環境中的多個語義，有可能是由一個原始語義與環境互動而派生，也有可能是在語義的演進過程中產生變異而形成，甚至因為其他因素例如語音關係而獲取。而這多個語義，往往又分屬不同的同義、近義、類義、對義、反義關係的語義場。因此，各個語義場之間也存在錯綜複雜的關係。

　　語義場的產生與消亡取決於它與環境的互動選擇，不同時空環境下的語義場一定具有不同的社會色彩與文化烙印，以及人群系統的思惟特徵。殷墟卜辭對一整天時間的劃分，以及各個時段之間的關係所構成的語義場如下：〔註39〕

表 6.46　殷墟卜辭整日各時段語義場

	晨、昧、旦	清晨，相當於後世的寅時
日	朝、大采	相當於後世 6 至 8 點
	大食、食、食日	在旦與中日之間
	中日	正午
	昳	中午食餉之時
	昃	午後 2 時
	墉兮	下午 4 時
	小食	下午 4 至 6 時
	昏、暮、各日、入日	日落，昏時開始
夕、夜	夕、小采	下午六時前後
	終夕	下半夜

　　這個語義場由「日（白天）」義場和「夕（夜晚）」義場共同組合為一整天的時間義場，表徵殷人把一個白天和一個夜晚視為一整天。「日」義場按自然環境物象的變化和殷人的生活習慣把一個白天分為九個時段，同一時段有的

〔註39〕溫少峰、袁庭棟編著《殷墟卜辭研究——科學技術篇》，成都：四川省社會科學院出版社，1983 年 12 月版，第 67～78 頁。

用若干語詞來表示，有的時段界限不明確或重疊，如「大食、食、食日」都表示從清晨到正午這段時間，語義涵蓋「朝」（或曰「大采」）。由此可見，語義的產生，受特定的生態環境制約，自然生態環境提供了語義把空間物象的特徵轉變為時間長度標誌的可能性，殷商時代的社會生活環境同樣提供了以進食活動作為時段標誌的便利。同時，這個語義場所顯示的時段概約性表明殷人對時間的認識還不夠精確，思惟方式具有模糊性特徵。不過，這並非唯一的時段劃分方式，卜辭「甲申卜：今日亥，不雨？」（《粹》七八四）有人認為這是殷人用地支劃分一日時辰的濫觴。王充《論衡‧間時》載：「一日之中，分為十二時，平旦寅，日出卯也。」陳夢家指出：「王充所述十二時，應如晉代杜預注《左傳》所述十二時，茲補足其相應的十二辰如下：子夜半、丑雞鳴、寅平旦、卯日出、辰食時、巳禺中、午正中、未日昳、申餔時、酉日入、戌昏時、亥人定。」（《漢簡綴述》中華書局 1980 年 12 月版第 251 頁）上述春秋時期劃分一日時辰的語義場，捨棄了模糊重疊的語義，明確了每個語詞的義域，十二地支把一天二十四小時均等劃分，劃分出的時段與自然物象和人事相互對應，構建了一個相對精確的時間義場。隨著春秋時期社會環境和人事活動對時間精確度的要求日益提高，「大采、小采、大食、小食、墉兮、昃」等作為時段專名的語義也就逐漸趨於消亡。

語義場並非環境的客觀映現，而是不同時空條件下的人群系統與當時的自然環境、社會環境、文化環境相互作用，相互協調的產物。由於不同時代的社會結構、文化習俗、人際關係的差異，語義場更多地表徵著特定時代人群系統的價值取向，這也是同一個語義場中，為什麼有的語義豐富而有的語義貧瘠的主要原因。一般說來，人群系統的思想觀念、價值導向對語義的產生和消亡，存在與發展，起著至關緊要的作用。對《詩經》親屬稱謂語義場的研究，可以窺見一斑。〔註40〕

《詩經》共有親屬稱謂語詞 77 個，其中單音節語詞 31 個：

祖、公、父、考、君、姒、男、兄、弟、伯、昆、季、後、子、帑、孫、士、婦、女、孟、妹、姻、亞、甥、親、母、舅、妻、嬪、姨、昏；

〔註40〕李國正《〈詩經〉親屬稱謂詞研究》，加拿大‧蒙特利爾，Cross-Cultural Communication（Volume 4, Number 2, 30 June 2008）

雙音節語詞 45 個：

　　大祖、先祖、皇祖、烈祖、祖考、皇考、烈考、昭考、先公、宗公、先王、先後、先人、先君、諸父、叔父、諸兄、男子、兄弟、元子、宗子、大宗、後生、孝子、孫子、子孫、曾孫、伯氏、伯姊、仲氏、女子、長子、室人、君子、良人、文母、母氏、君婦、寡妻、諸姑、諸娣、舅氏、元舅、諸舅、昏姻；

　　四音節語詞 1 個：子子孫孫。

（一）語義考察

1. 語義分布

　　《詩經》的 77 個親屬稱謂語詞中有單義語詞 60 個，另有「兄弟」一詞，《小雅·伐木》「兄弟無遠」鄭箋：「兄弟，父之黨，母之黨。」此語詞指稱對象包括父系的堂兄弟、姑表兄弟和母系的舅表兄弟、姨表兄弟。語義雖跨父、母兩系，但並未分化出多個義項，這裡作為單義語詞看待，故單義語詞共 61 個。含兩項及以上語義的多義語詞 16 個。單義語詞中有單音語詞 19 個，雙音語詞 41 個，四音節語詞 1 個；多義語詞中有單音語詞 12 個，雙音語詞 4 個。

　　（1）61 個單義語詞的語義分組說明如下：

A. 大祖：始祖。

　　先祖、祖考、烈祖、公、宗公：祖先。

　　先王：諸盩以下王室祖先。

　　先後、先人：王室祖先。

B. 先公、考、烈考、昭考：死去的父親。

　　叔父：父親的弟弟。

　　諸父：同姓的父輩男性親戚。

　　諸姑：父親的姊妹。

C. 兄、昆：哥哥。伯氏：大哥。

　　諸兄：同宗族的年長的同輩男性親戚。

　　兄弟：父、母兩系的同輩男子。

　　弟：弟弟。

　　伯姊：大姐。

　　妹：妹妹。

D. 男、男子、帑：兒子。

元子、宗子：王室正妻所生的大兒子。

大宗：與王室同姓的諸侯正妻所生的大兒子。

季：小兒子。

孝子：孝順父母的兒子。

女子：女兒。

長子、孟：大女兒。

E. 後、後生：子孫。

孫子、子孫、子子孫孫：後代。

曾孫：孫之子以下的後代。

F. 女：家裏的女性親屬。

室人：家裏的親屬。

昏姻：有婚姻關係的親戚。

G. 母、親、母氏、文母：母親。

舅、舅氏：舅舅。

元舅：大舅。

諸舅：異姓的母輩男性親戚。

H. 士、君子：妻子稱丈夫。

先君：國君的配偶稱去世的丈夫。

I. 妻、嬪：妻子。

寡妻：正妻。

君婦：國君的正妻。

姨：妻子的姐妹。

諸娣：同夫的妾。

（2）16個多義語詞表示的語義排列如次：

祖：a祖父；b祖先。

妣：a祖母；b女性祖先。

皇祖：a祖父；b祖先。

皇考：a死去的父親；b死去的祖父。

君：a國君的夫人；b祖先。

父：a 父親；b 同姓的父輩男性親戚。

伯：a 大兒子；b 丈夫。

昏：a 妻子；b 兒媳的父親。

姻：a 丈夫；b 女婿的父親。

婦：a 妻子；b 兒媳。

子：a 兒女；b 兒子；c 女兒；d 後代。

孫：a 孫兒；b 孫女；c 孫子以下的後代。

亞：a 女婿之間互稱；b 長子以下兄弟。

仲氏：a 二哥；b 二姐。

甥：a 姊妹的兒女；b 外孫。

良人：a 妻子；b 丈夫。

這樣，《詩經》的 77 個親屬稱謂語詞共有 96 個義項。用於表父系親屬稱謂的語義有 72 項，占義項總數的 75%；用於表母系親屬稱謂的語義有 8 項，占義項總數的 8.3%；用於表夫系親屬稱謂的語義 6 項，占義項總數的 6.3%；用於表妻系親屬稱謂的語義有 10 項，占義項總數的 10.4%。

2. 義類結構

全部 96 個義項分別以父親、母親、丈夫、妻子為核心構成 4 個義類：父系親屬義類、母系親屬義類、夫系親屬義類、妻系親屬義類。同一語詞指稱若干不同的親屬，在該語詞後附 a、b、c、d 等字母加以區別。如「祖 a」指稱祖父，「祖 b」指稱祖先。

（1）父系親屬義類按輩份可分為 7 個層次：

　　A. 稱祖先的：祖 b、先祖、大祖、皇祖 b、烈祖、祖考、妣 b、君 b、公、宗公、先王、先後、先人；

　　B. 稱祖父輩的：祖 a、皇祖 a、皇考 b、妣 a；

　　C. 稱父輩的：父 a、父 b、考、諸父、叔父、先公、皇考 a、烈考、昭考、諸姑；

　　D. 稱同輩的：兄、諸兄、伯氏、昆、弟、兄弟、伯姊、仲氏 a、仲氏 b、妹、昏 b、姻 b；

　　E. 稱子輩的：男、男子、元子、宗子、大宗、伯 a、季、帑、孝子、子 a、子 b、子 c、亞 b、婦 b、女子、長子、孟、亞 a、甥 a；

F. 稱孫輩的：孫 a、孫 b、甥 b；

G. 稱後代的：子 d、後、後生、孫 c、孫子、子孫、曾孫、子子孫孫。

另有 3 個不受輩份限制的義項：女、室人、昏姻。

根據以上義類的分布情況，可以繪出《詩經》父系稱謂結構示意圖：

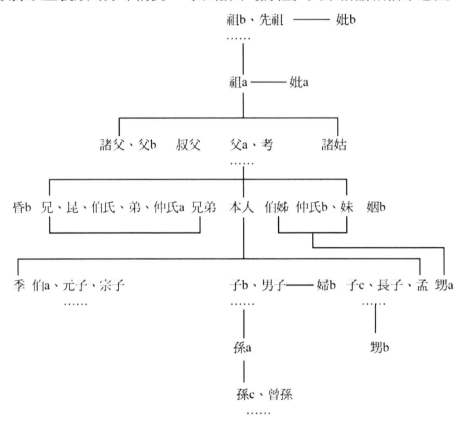

由此可見，父系親屬稱謂的義類分布主要偏重於男性親屬，女性親屬稱謂的義類很少。除指稱祖母和女性遠祖的「妣」以及指稱兒媳的婦 b 而外，女性親屬的男性配偶稱謂以及男性親屬的女性配偶稱謂都空缺，如稱大姐的「伯姊」就沒有稱大姐夫的語義相配，「兄」與「弟」都沒有相應的女性配偶稱謂。指稱女性親屬的語義較籠統，如稱父親的姊妹就只有一個「諸姑」，缺乏進一步區分長幼的語義；而指稱男性親屬的語義相對細緻，如指稱大兒子不但有「伯 a」，而且還有內涵相同、外延相互區別的「元子、宗子、大宗」與之為伍，通稱後代的不僅有「孫 c」，還有「子孫、孫子、後生」等等。

（2）母系親屬義類有兩個層次：

A. 稱母輩的：母、親、母氏、文母、舅、舅氏、元舅、諸舅；

B. 稱同輩的：兄弟。

這個義類主要由指稱母親和與母親同輩的男性親屬的義項組成。嚴格說來，其中的「兄弟」並未分化出專指母系親屬的獨立義項，因而很難作為一個獨立的義類層次。母親的前輩親屬、母輩的女性親屬、下輩親屬義項都付闕如。

（3）夫系親屬義類由以下義項組成：

　　姻a、伯b、士、君子、良人b、先君。

沒有表示丈夫的前輩親屬和同輩親屬的語義。

（4）妻系親屬義類：

　　妻、寡妻、婦a、君a、君婦、昏a、良人a、嬪、姨、諸娣。

這個義類的絕大多數義項都集中於指稱妻子，而指稱「妻子的姐妹」的「姨」與指稱「同夫的妾」的「諸娣」，分別只有一個籠統的語義，沒有進一步的區分。缺乏表示妻子的前輩親屬、同輩男性親屬以及下輩親屬的語義。

（二）語素的構詞能力

1. 缺乏構成新親屬稱謂語詞能力的單音語素有 12 個：

　　姝、親、昆、耦、孟、亞、季、妹、士、甥、嬪、姨；

2. 只能構成 1 個多音節親屬稱謂語詞的單音語素有 8 個：

　　婦：君婦

　　妻：寡妻

　　男：男子

　　女：女子

　　姻：昏姻

　　昏：昏姻

　　弟：兄弟

　　後：後生；

3. 能構成 2 個多音節親屬稱謂語詞的單音語素有 5 個：

　　公：先公、宗公

　　父：諸父、叔父

　　兄：諸兄、兄弟

　　伯：伯氏、伯姊

　　母：母氏、文母；

4. 能構成 3 個多音節親屬稱謂語詞的單音語素有 2 個：

君：先君、君子、君婦

舅：舅氏、元舅、諸舅；

5. 能構成 4 個多音節親屬稱謂語詞的單音語素也有 2 個：

考：祖考、皇考、烈考、昭考

孫：孫子、子孫、曾孫、子子孫孫；

6. 能構成 5 個多音節親屬稱謂語詞的單音語素只有 1 個：

祖：先祖、大祖、皇祖、烈祖、祖考；

7. 能構成 9 個多音節親屬稱謂語詞的單音語素也只有 1 個：

子：男子、孝子、宗子、元子、女子、長子、孫子、子孫、子子孫孫。

（三）語詞的組合能力

1. 能組成 5 種不同短語結構的親屬稱謂語詞有：

母、兄弟；

2. 能組成 4 種不同短語結構的親屬稱謂語詞有：

父、兄、妻；

3. 能組成 3 種不同短語結構的親屬稱謂語詞有：

祖、皇祖、烈祖、先王、諸父、弟、孝子、伯、孫子、君、君子、婦；

4. 能組成 2 種不同短語結構的親屬稱謂語詞有：

先祖、祖考、公、昭考、仲氏、昏、姻、昏姻、男子、子、女子、甥、子孫、曾孫、舅、士、君婦；

其餘 43 個語詞分別只能組成一種短語結構。

（四）語詞的句法功能

1. 單獨充當 4 種句子成份的語詞有 1 個：母；

2. 單獨充當 3 種句子成份的語詞有 2 個：兄弟、君；

3. 單獨充當 2 種句子成份的語詞有 11 個：烈祖、先王、父、兄、男子、子、孝子、伯、君子、婦、妻；

其餘 34 個只能單獨充當一種句子成份。

由「孫子」構成的短語充當 4 種句子成份；由「父、母、子、姻」分別構成的短語都充當 3 種句子成份；由「公、諸父、兄、弟、兄弟、昏、伯、孟、

甥、孫、妻、良人」分別構成的短語都充當 2 種句子成份；其餘 60 個語詞分別構成的短語只能充當一種句子成份。

（五）語詞的指稱範疇與分布頻率

表 6.47　《詩經》親屬指稱範疇與分布頻率對照表

指稱範疇	長輩稱	同輩稱	晚輩稱	多稱	通稱	面稱	背稱
分布頻率	30	24	24	16	31	7	40
指稱範疇	旁稱	美稱	尊稱	自稱	特稱	別稱	
分布頻率	51	7	5	2	2	1	

（六）語詞在文本中的出現頻率

出現頻率為 1 次的有 32 個語詞；2 次和 3 次的各有 11 個語詞；4 次的有 4 個語詞。出現頻率在 5 次以上的親屬稱謂語詞有 19 個：

表 6.48　《詩經》親屬稱謂語詞與出現頻率對照表

語　詞	母	子	父	兄	弟	君子	兄弟	妻	曾孫	孫
出現頻率	39	35	33	24	21	14	12	12	11	9
語　詞	孫子	祖	子孫	良人	先祖	昏	伯	後	皇祖	
出現頻率	9	8	8	8	7	6	6	6	5	

《詩經》親屬稱謂語義場是當時社會環境、文化環境在中國春秋末期宗法血緣人際關係方面的生動體現。父系親屬稱謂語詞的義類最多，語義最豐富，指稱輩份的語義層次多達 7 個，而母系、夫系、妻系親屬稱謂語詞沒有層次，連最簡單的上、下輩稱謂語義層次都沒有。這種偏頗除了詩歌體裁的侷限性之外，人群系統的思想觀念和價值導向明顯偏重於父系親屬的繼承與發展，因而在語義上有詳細描寫的需求，這從「子、祖、考、孫」具有最強的構詞能力，以及 19 個出現頻率在 5 次以上的親屬稱謂語詞得到證實。19 個親屬稱謂語詞除了「母、妻、良人、昏」而外，其餘 15 個語詞全是父系親屬稱謂語詞。在父系男性親屬之外，具有血緣關係的「母」在人們日常生活中居於最重要的地位，依次是「妻、良人、昏」出現頻率較高，表徵著這些語義的產生和運用，出於人們日常生活、社會交際和思想觀念的需要。親屬稱謂語詞指稱範疇的多元化，表明親屬稱謂語義場佔據了比較廣闊的生態位，在不同環境不同條件的交際場合都有與之適合的生態形式。《左傳・成公十三年》說「國之大事，在

祀與戎」，春秋時期的祭祀，一是祭自然神，再是祭祖宗神，故《詩經》裏有關祖宗稱謂的語詞很多。在幾千年的封建時代裏，宗法觀念一直是維繫家族關係的精神紐帶，現代家庭不再是封建時代的大家族，宗法觀念基本消失，「祖考、昭考、烈考、皇考、皇祖、烈祖、先公、宗公」等一大批語義喪失了交際功能，隨著人們觀念的改變而自行消亡。

傳世文獻《詩經》、《春秋》、《左傳》、《公羊傳》、《穀梁傳》、《論語》、《墨子》、《莊子》、《孟子》、《荀子》、《韓非子》等 11 部著作，在時間上縱貫西周初年至戰國末期，在地域上則基本上涵蓋了先秦漢語主要流行的今陝西、山西、河南、河北、湖北、山東等 6 個省，親屬稱謂語詞出現的數量統計如下：

表 6.49　先秦 11 部著作親屬稱謂語詞數量統計表

著作＼語詞	單音節	雙音節	三音節	四音節	合　計
詩經	31	45	0	1	77
春秋	5	6	1	0	12
左傳	42	104	9	0	155
公羊傳	24	15	1	0	40
穀梁傳	22	16	2	0	40
論語	9	3	0	0	12
墨子	20	17	1	0	38
莊子	15	19	0	0	34
孟子	17	14	0	0	31
荀子	12	14	1	0	27
韓非子	20	40	1	0	61
合計	217	292	16	1	527

不計重複共出現了 238 個親屬稱謂語詞，其中單音節語詞 49 個，雙音節語詞 175 個，三音節語詞 13 個，四音節語詞 1 個。

11 部著作的全部親屬稱謂語詞中，有 11 個單音語素構詞能力很強，每個單音語素能構成至少 7 個多音節語詞：

表 6.50　單音語素構詞數量比較表

單音語素	每個語素構成多音節語詞的數目	構成多音節語詞的總數
子	43	43
父	15	15

祖、先	12	24
母	10	10
孫、弟	8	16
公、親、兄、女	7	28

其中「子」、「孫」、「親」三個單音語素作為語詞使用，在不同的著作文本中具有多個不同的語義：

表 6.51　單音語素「子、孫、親」多義比較表

文本 ＼ 語詞	子	孫	親
詩經	1. 兒子 2. 女兒 3. 兒子和女兒 4. 後代	1. 孫兒 2. 孫女 3. 孫子以下的後代	母親
春秋	兒子		
左傳	1. 兒子 2. 女兒 3. 後代	1. 孫兒 2. 後代	1. 母親 2. 有親緣關係或關係密切者
公羊傳	1. 兒子 2. 女兒	孫兒	有親緣關係或關係密切者
穀梁傳	1. 兒子 2. 女兒	孫兒	1. 有親緣關係或關係密切者 2. 父親
論語	1. 兒子 2. 女兒 3. 兒子和女兒	不單用。「子」、「孫」結合指後代	親屬
墨子	1. 兒子 2. 兒子和女兒 3. 妻子	不單用。「子」、「孫」結合指後代	父母親
莊子	1. 兒子 2. 兒子和女兒	孫兒	1. 直系祖先 2. 父母親 3. 親戚 4. 親人 5. 父親
孟子	1. 兒子 2. 兒子和女兒	孫兒	1. 父母親 2. 父親
荀子	1. 兒子 2. 兒子和女兒	不單用。「子」、「孫」結合指後代	1. 父母親 2. 父親

韓非子	1. 兒子 2. 女兒 3. 兒子和女兒	1. 孫兒 2.「子」、「孫」結合 指後代	1. 父母親 2. 親族

　　同一個語詞在不同的時空環境中其語義必然受到各種因素的影響而發生變異，親屬稱謂是人群系統相互聯繫的紐帶，是人群所處的社會環境、文化背景和意識形態的集中體現。一個單音語詞具有很強的構詞能力固然表明它與環境的互動協調度很高，親屬門類的繁多亟需相互區別的眾多稱謂語詞，而語言的經濟性原則卻儘量限制語詞數目的增長，因此，同一個語詞在不同環境中具有多個語義勢所難免。多個語義並存表明該語詞正在探索有利於自身長期生存的進化方向，在這個探索過程中，人群系統的思想觀念、價值導向對語義的產生和消亡至關緊要。11 部著作文本中「子」有 5 個義項：兒子；女兒；兒子和女兒；妻子；後代。這樣多的語義很容易造成誤解，事實上，「兒子和女兒」、「妻子」這兩個語義後來都交「孥（帑）」來承擔，「帑」的「兒子」義消亡，產生了「兒子和女兒」、「妻子和兒女」兩個義項。「子」的「女兒」語義極少出現，「後代」這個語義徹底消亡，唯「兒子」語義獨存，像這樣的生態競爭無時無處不在。「親」的義域廣泛，語義太多，在「父」、「母」稱謂同時並存的競爭環境中，「親」的親屬專稱後來全部消亡，只剩下泛稱。

　　語義的產生和消亡與語境關係密切，一個語詞置於特定的語境，就可能產生原本沒有的語義；一個語義喪失了它存在的語境，就意味著該語義的消亡。通過對《紅樓夢》前八十回文本中「紅」這個單音語素的研究，可以說明言語的生態環境既是催生新語義的溫床，又是埋葬沒落語義的墳場。〔註41〕

　　「紅」字在前八十回的回目和正文中共出現 479 次，以「紅」為語素構成的多音節語詞不計重復有 44 個。以「紅」作為單音語詞和以「紅」為語素構成的多音節語詞所組合的短語有 138 個。

　　「紅」作為單音語詞獨立運用的語句共 36 例，單獨充當 4 種句子成份。（研究依據的文本是馮其庸纂校訂定的《八家評批紅樓夢》，北京，文化藝術出版社 1991 年 9 月版。所列語句後面的括號裏，逗號前所標的數字是該語句在書中出現的回目，逗號後的數字是該語句在書中出現的頁碼。）

〔註41〕李國正《〈紅樓夢〉前八十回「紅」字研究》，加拿大，蒙特利爾，Cross-Cultural Communication（Volume 4，Number 2, 30 June 2008）。

1. 充當主語 6 例：

綠裁歌扇迷芳草，紅襯湘裙舞落梅。（18，400）

揉碎桃花紅滿地，玉山傾倒再難扶。（66，1641）

樹樹煙封一萬株，烘照樓壁紅模糊。（70，1721）

一般的也有「紅綻雨肥梅」。（70，1722）

骰彩紅成點。（76，1866）

故櫻唇紅褪，韻吐呻吟。（78，1932）

上文之「紅綻雨肥梅」引自唐代杜甫《陪鄭廣文遊何將軍山林》「綠垂風折筍，紅綻雨肥梅」，顯見「紅」是主語，如果理解為「雨肥梅綻紅」則「紅」為賓語，而「紅綻雨肥梅」作為引句又是「有」的賓語。

2. 充當謂語 25 例：

唇不點而紅，眉不畫而翠。（8、28，194、661）

又見秦鍾覷䩄溫柔，未語先紅，怯怯羞羞，有女兒之風。（9，219）

鳳姐聽了，眼圈兒紅了。（11，250）

卻是他敬我，我敬他，從來沒紅過臉兒。（11，253）

鳳姐兒聽了，不覺眼圈兒又紅了。（11，254）

寶玉云：「大約騷人詠士以此花紅若施脂，弱如扶病……」（17，372）

說到「欺負」二字，就把眼圈兒紅了，轉身就走。（23，528）

又兼方才所見《西廂記》中「花落水流紅，閒愁萬種」之句。（23，529）

由不得眼圈兒紅了。（26，589）

小紅不覺把臉一紅。（26，591）

回思了一回，臉紅起來。（30，712）

說著眼圈兒就紅了。（32，762）

他就連眼圈兒都紅了。（32，770）

賈政一見，眼都紅了。（33，789）

說著不覺眼圈兒紅了。（39，942）

姑娘今日臉上有些春色，眼睛圈兒都紅了。（39，944）

不得已喝了兩鍾，臉就紅了。（39，944）

桃未芳菲杏未紅，沖寒先喜笑東風。（50，1210）

芳官聽了，眼圈兒一紅。（58，1434）

香菱臉又一紅。（62，1532）

說著，眼圈兒又紅了。（67，1656）

說著，把臉卻一紅，眼圈兒也紅了。（68，1691）

平兒把眼圈一紅。（71，1743）

3. 充當賓語 4 例，後兩例是賓語同位語：

鴛鴦道：「中間『三四』綠配紅」。（40，980）

平兒倒在掌上看時，果見輕、白、紅、香，四樣俱美。（44，1063）

不似別家另外用這些「春」、「紅」、「香」、「玉」等豔字。（2，48）

邢大妹妹做「紅」字。（50，1209）

4. 當補語 1 例：

聽了這話，早把臉羞紅了。（30，713）

以上 36 例「紅」的語義分布，除去其中兩例的「紅」是純粹的符號標誌：

不似別家另外用這些「春」、「紅」、「香」、「玉」等豔字。（2，48）

邢大妹妹做「紅」字。（50，1209）

其餘 34 例可概括為三個義項：

1. 紅色。7 例：（18，400）（30，713）（40，980）（44，1063）（70，1721）（76，1866）（78，1932）

2. 發紅，變紅。25 例：（8，194）（9，219）（11，250）（11，253）（11，254）（17，372）（23，528）（23，529）（26，589）（26，591）（28，661）（30，712）（32，762）（32，770）（33，789）（39，942）（39，944 二例）（50，1210）（58，1434）（62，1532）（67，1656）（68，1691 二例）（71，1743）

3. 紅色花瓣。2 例：（66，1641）（70，1722）

「紅」的「紅色」語義是由於語詞分別充當主語、賓語和補語的言語環境所限定。「發紅」、「變紅」也是因為語詞作為謂語而動態化。如果不充當動詞謂語，就不會具有「發紅」、「變紅」的語義。至於「揉碎桃花紅滿地」、「紅綻雨肥梅」是因為有「桃花」和「梅」的語境提示才知道「紅」就是「紅色花瓣」。一旦離開特定語境，「紅色花瓣」語義不復存在。

以「紅」為語素構成的多音節語詞有 44 個，除去其中 10 個指稱人物的語詞（掃紅、小紅、紅兒、紅娘、紅拂、怡紅、怡紅公子、紅姐姐、嫣紅、嫣紅姑娘），還有一個「女紅」（第四回第 91 頁「女紅」，第六十四回第 1587 頁作

「女工」，與「紅」義無關）之外，下面是其餘 33 個語詞的語義分布：

紅塵

　　（1）人世社會。(1，4 二例)(1，6)(18，401)(50，1219)

　　（2）人世社會的生活習慣。(13，286)

大紅

　　正赤色。(35，848 二例)(35，850)

猩紅

　　像猩猩血那樣鮮紅的顏色。(3，67)(6，157)(50，1214)

紅粉

　　美女。(5，127)(78，1927)

桃紅

　　（1）熟桃表皮的紅色。(35，848 二例)

　　（2）桃子發紅。為主謂短語。(63，1555)

飛紅

　　（1）變得很紅。(6，160)(45，1092)(63，1558)

　　（2）很紅。(9，221)(42，1019)(52，1254)

紅妝

　　美女。(8，195)(18，403)

硃紅

　　像硃砂的紅色。(13，290)(53，1291)

紅的

　　（1）紅色的服裝。(19，424 二例)

　　（2）紅色的草本植物。(17，368)

通紅

　　（1）變得很紅。(19，420)(23，527))(32，765)(34，818)(47，1131)
　　　　(55，1331)(80，1964)

　　（2）很紅。(51，1241)

落紅

　　飄落的紅色花瓣。(23，526)(70，1728)

水紅

淡紅。（24，540）（49，1186）（51，1234）（63，1548）

紅玉

（1）寶玉丫環的名稱。（24，555）（27，625）

（2）紅色玉石。（79，1948）

殘紅

凋謝飄落的紅色花瓣。（27，616）

紅顏

（1）美麗容顏。（27，630）（58，1427）

（2）美女。（27，630）（64，1587）

紅豆

男女相思血淚。（28，650）

紅脹

發紅。（30，710）（77，1894）

紅袖

美女。（49，1175）（50，1211）

紅香

（1）紅色而有香氣。（49，1185）

（2）紅色而有香氣的花瓣。（62，1521）

下紅

女性生殖器不正常出血。（55，1327 二例）

粉紅

紅色與白色調成的顏色。（63，1559）

紅紅

發炎變紅。（69，1705）

新紅

初開的紅花。（70，1721）

悼紅軒

哀悼美女的小房間，即曹雪芹寫作《紅樓夢》的書房。（1，6）

紅樓夢

曲名，哀悼封建社會末期貴族婦女生活的藝術演繹。（5，110）（5，116）

（5，124 二例）（5，125）

怡紅院

因花紅而令人愉悅的庭院，即小說《紅樓夢》大觀園中賈寶玉居住的地

方。共出現 62 次。

海棠紅

如海棠花色相的紅色。（58，1431）

紅香圃

紅花芬芳的園地，特指大觀園中適宜賞花的三間小敞廳。（62，1512）（62，

1513）（62，1515）（62，1521）（62，1527）（63，1562）

月月紅

月季花。（62，1528）

千紅一窟

千朵紅色茶花聚集一洞，茶名。（5，123）

青紅皂白

事情的原委是非。（15，321）（25，571）（61，1494）（34，819）

姹紫嫣紅

美麗嬌豔的各種花卉。（23，529）

花紅柳綠

顏色駁雜鮮豔。（73，1786）（74，1807）

《紅樓夢》文本中以「紅」作為語素或語詞所組合的全部 138 個短語之中，

有 126 個短語裏的「紅」，語義均為「紅色」。其餘 12 個短語中「紅」的語義分

布如下：

穿紅

紅色服裝。（19，424 二例）

愛紅

美色。（19，430）

紅刀子

染血、帶血。（7，185）

紅了臉

共出現 43 次。

（1）因愉悅、高興而害羞。（25，572）（25，573）（26，596）（32，761）
（36，869）（57，1398 二例）（58，1426）（62，1529）（62，1531）
（62，1532）（63，1552）（63，1558）（79，1945）

（2）因自責、難為情而害羞。（34，806 二例）（36，872）（42，1019）
（42，1023）（45，1089）（52，1261）（53，1291）（57，1395）（61，
1492）（62，1518）（66，1640）（72，1764）（76，1858）（77，1894）
（80，1963）

（3）因慚愧而害羞。（77，1885）

（4）生氣。（25，578）（38，919）（46，1107 二例）（46，1109 二例）
（52，1269）（59，1450）（61，1484）（63，1566）（73，1793）（79，
1951）

穿紅著綠

色彩鮮豔的服裝。（3，60）（42，1015）

紅香綠玉

紅花。（17，373）（18，397）（18，398）（18，402）

怡紅快綠

紅花。（4，398）（402）（403）（592）

紅消香斷

紅花。（27，630）

婚喪紅白

婚事。（55，1329）

紅飛翠舞

美女。（62，1519）

紅綠離披

紅色荷花。（67，1661）

紅白大禮

婚事。（72，1766）

根據以上考察，歸納出《紅樓夢》文本中的「紅」有 8 個義類：

1. 紅色

「紅」單用 7 例；以「紅」為語素構成的多音節語詞 18 例（大紅、猩紅、桃紅〔35，848 二例〕、飛紅〔9，221、42，1019、52，1254 共 3 例〕、硃紅〔2例〕、通紅、水紅〔4 例〕、紅玉、紅香〔49，1185〕、粉紅、海棠紅）；「紅」作為語詞和以「紅」作為語素構成的多音節語詞所組合的短語 126 例。

2. 紅色物象

（1）紅花：新紅、紅香圃（6 例）、怡紅院（62 例）、月月紅、千紅一窟、
　　　紅香綠玉（4 例）、怡紅快綠、紅消香斷、紅綠離披。

（2）紅色花瓣：落紅（2 例）、殘紅、紅香（62，1521）。

（3）紅色草本植物：紅的（17，368）。

（4）鮮血：紅刀子、下紅（55，1327 二例）。

（5）相思血淚：紅豆。

（6）紅色服裝：紅的（19，424 二例）、穿紅（19，424 二例）。

3. 紅色動態

（1）發紅、變紅：桃紅（63，1555）、飛紅（6，160）（45，1092）（63，
　　　1558）、通紅（19，420）（23，527））（32，765）（34，818）（47，1131）
　　　（55，1331）（80，1964）、紅脹、紅紅。

（2）害羞：
　　　A. 因愉悅、高興而害羞：紅了臉（14 例）。
　　　B. 因自責、難為情而害羞：紅了臉（16 例）。
　　　C. 因慚愧而害羞：紅了臉（1 例）

（3）生氣：紅了臉（12 例）。

4. 美色

（1）色彩鮮豔：花紅柳綠（2 例）、穿紅著綠（2 例）。

（2）形象美麗：紅顏（27，630）（58，1427）、姹紫嫣紅、愛紅。

5. 美女

（1）「紅」單獨表達：悼紅軒、紅樓夢（5 例）、紅飛翠舞

（2）「紅」與其他語素組合表達：紅粉（2 例）、紅妝（2 例）、紅袖（2 例）、紅顏（27，630）（64，1587）。

6. 喜慶婚事

婚喪紅白、紅白大禮。

7. 事情的原委是非

青紅皂白（4 例）。

8. 人世社會

紅塵（5 例）。

有沒有不依據文本言語環境就能確定的語義？有。例如「紅拂」（64，1588），唐代傳奇《虯髯客傳》中楊素的婢女，因手執紅色拂塵而得名。但該語義仍然不能脫離生態環境系統，如果沒有相應的文化信息做背景，誰也不知道這個語詞的語義是什麼。

從語義的外生態環境考察，《紅樓夢》中有的語詞因為蘊含歷史文化信息而不必依據文本言語環境就能顯示其語義所在。例如：

紅娘：青年男女戀愛的牽線人。元王實甫《西廂記》第四本第一折：「紅娘道白：『你接了衾枕者，小姐入來也。張生，你怎麼謝我？』」

紅豆：又名相思子，喻男女相思血淚。王維《江上贈李龜年》：「紅豆生南國，春來發幾枝。願君多採擷，此物最相思。」

落紅：脫落的紅色花瓣。唐戴叔倫《相思曲》：「落紅亂逐東流水，一點芳心為君死。」

殘紅：脫落的紅色花瓣。唐王建《宮詞》之九十：「樹頭樹底覓殘紅，一片西飛一片東。」

姹紫嫣紅：色彩繽紛豔麗。明湯顯祖《牡丹亭‧驚夢》：「原來姹紫嫣紅開遍，似這般都付與斷井頹垣。」

青紅皂白：原委是非。明凌濛初《二刻拍案驚奇》第 16 卷：「州官得過了賄賂，那管青紅皂白，竟斷道：『夏家欠林家二千兩。』」

這些不必依據語境就能明確的語義，一旦對應的文化信息湮滅或被人群系

統揚棄，這些語義也就歸於消亡。與語境關係疏遠的語義，生態位比較狹窄，生存能力較差，隨時處於消亡的邊緣。好些蘊含文化積澱的語詞，也只有在文本言語環境中才能確定其語義。例如：

紅塵：最初指繁華之地。南朝陳徐陵《洛陽道》之一：「綠柳三春暗，紅塵百戲多。」道家、佛家則用來指稱人世。明賈仲名《金安壽》第四折：「你如今上丹霄，赴絳闕，步瑤臺，比紅塵中別是一重境界。」《紅樓夢》第一回：「城中閶門，最是紅塵中一二等富貴風流之地。」

紅妝：最初指女子的盛裝。古樂府《木蘭詩》：「阿姊聞妹來，當戶理紅妝。」引申指美女。宋周密《齊東野語‧尹惟曉詞》：「蘋末轉清商，溪聲供夕涼，緩傳杯催喚紅妝。」《紅樓夢》第十八回：「綠蠟春猶卷，紅妝夜未眠。」

紅袖：最初指紅色的衣袖。南朝齊王儉《白紵辭》：「情發金石媚笙簧，羅褂徐轉紅袖揚。」引申指美女。元關漢卿《金線池》楔子：「華省芳筵不待終，忙攜紅袖去匆匆。」《紅樓夢》第四十九回：「綠蓑江上秋聞笛，紅袖樓頭夜倚欄。」

紅顏：最初指紅潤的臉色。杜甫《暮秋枉裴道州手札》：「憶子初尉永嘉去，紅顏白面花映肉。」引申指美女。明王世貞《客談庚戌事》：「紅顏宛轉馬蹄間，玉筋雙垂別漢關。」《紅樓夢》第二十七回：「一朝春盡紅顏老，花落人亡兩不知。」

「紅」這個單音語素對應的紅色物象，在《紅樓夢》文本中有 6 項之多，絕大多數用例都與特定言語環境聯繫密切，顯示其佔有廣闊的生態位。6 種語義的穩定度和生存能力並不平衡，「紅花」這一語義的出現頻率多達 78 例，顯然具有很高的穩定度和強大的生命力，而像「紅色草本植物」這樣的語義只有孤例，很難避免消亡的命運。「紅」對應的紅色動態有三種，僅在動賓短語「紅了臉」中就顯示了很強的催生新語義的活力，既能在截然不同的文本言語環境中產生「害羞」與「生氣」兩種語義，又能在「害羞」語義的不同用例中蘊含愉悅、自責、慚愧等複雜細膩的深層語義，如果不密切結合特定的文本言語環境，根本無從理解。在這個意義上，可以說沒有環境就沒有語義，語義與環境共存亡。一個語言單位在複雜多變的環境中能隨機產生多個語義，表明其與環境的協調度很高，佔有更多的生態位，因而具有更強的生命力。反之，就只能趨於消亡。

三、語義的對立與互補

　　語義的對立與互補是語言成份在特定環境特定系統或特定層次上的生態形式，環境、系統或層次處於永恆的運動變化之中，語義的對立與互補相對於環境也是一種動態的變化發展的關係。任何語言成份的生態形式都是語言成份與不同環境因子相互作用協同進化的產物，都具有區別於其他語言成份的特徵，因此，語言成份的對立是普遍的永恆的。各種語言中普遍存在的反義語詞就是語義對立的典型表現，這不足為奇。奇怪的是同一個語詞本身就具有兩種對立的語義，這類語詞雖然較少，但幾乎所有的語言都有。這種現象的產生，與語言的自為環境即人群系統的心理結構認知意向有直接關係。

　　《春秋公羊傳・隱公七年》「貴賤不嫌同號，美惡不嫌同名」顯見古人的認知意識能夠接受同一語詞具有兩種對立的語義，東晉郭璞進一步把這種認知具體運用為解釋語義的手段。茲將郭注《爾雅》和《方言》的有關材料臚列如下：

1. 《爾雅・釋詁》：「左、右，亮也。」注：「反覆相訓，以盡其義。」
2. 《爾雅・釋詁》：「肆、故，今也。」注：「肆既為故，又為今，今亦為故，故亦為今，此義相反而兼通者。事例在下，而皆見《詩》。」
3. 《爾雅・釋詁》：「徂、在，存也。」注：「以徂為存，猶以亂為治，以曩為曏，以故為今，此皆詁訓義有反覆旁通，美惡不嫌同名。」
4. 《方言》卷二：「逞、苦、了，快也。自山而東或曰逞，楚曰苦，秦曰了。」注：「苦而為快者，猶以臭為香，亂為治，徂為存，此訓義之反覆用之是也。」
5. 《方言》卷十二：「薵、蒙，覆也。薵，戴也。」注「此義之反覆兩通者。」
6. 《方言》卷十三：「祐，亂也。」注：「亂當訓治。」

　　郭璞意識到一個語詞可能具有兩種對立的語義，雖然他所舉出的釋例絕大多數並不對立，但卻是他首先發現漢語語義變化發展的一種特殊的生態運動形式。

　　甲骨文「左」與「右」單獨運用時，字形正反沒有區別，寫成 ㄓ 或 ㄚ 都可以，但「左」、「右」同時對舉則 ㄓ 表示「左」，ㄚ 表示「右」。「左」與「右」是相對的方位名稱。《爾雅・釋詁》的「左」、「右」用作動詞，都是「幫助」的意

思，語義相同，並非對立的兩個語義。

王引之《經義述聞》卷二十六指出：「始」、「古」為久故之「故」，「故」、「肆」為語詞之「故」。「肆、故，今也」則皆為語詞。郭謂「今」與「故」義相反而兼通，非也。王引之的意見是對的。《爾雅》「治、肆、古、故」皆是久故之「故」，而「肆、故，今也」皆是連接詞，相當於現代漢語的「所以」。久故之「故」豈能與連接詞「今」捆綁在一起？

徐朝華《郭璞反訓例證試析》一文統計《毛詩》中「徂」字共出現 25 次，都不作「存」解，其他先秦典籍也未發現「徂」有「存」義，因此「徂」並沒有「往」、「存」兩個對立的語義。

「嚮」的本字是「向」，本義是「朝北開的窗子」，用作時間副詞表示「從前」、「往昔」，與「曩」是同義語詞。

錢繹《方言箋疏》指出：郭璞把「逞、苦、了，快也」裏的「苦」當作「痛苦」，把「快」當成「快意」，這裡的「苦」、「快」其實都是「快急」的意思，兩者是同義語詞。

《廣雅》：「幬、㡓，覆也。」《說文》：「幬，襌帳也。」「燾」是「幬」的假借字。錢繹《方言箋疏》認為：「帳」為下覆之義，故訓為「覆」。《禮記·中庸》「闢如天地之無不覆幬」鄭玄注：「幬亦覆也。」故「燾」有覆蓋之義。《釋名》：「戴，載之於頭也。」《小爾雅》：「戴，覆也。」「燾」既訓為「覆」，又訓為「戴」，而「戴」與「覆」是同義語詞，不存在對立關係。

「臭」，《說文》：「禽走，臭而知其跡者犬也。從犬，從自。（臣鉉等曰：自，古鼻字，犬走以鼻知臭，故從自。尺救切）」甲骨文上鼻下犬，證許慎、徐鉉說的不錯。「犬走以鼻知臭」，可見「臭」作動詞義為「聞氣味」，作名詞義為「氣味」。然而作名詞的「臭」在不同的文本環境中語義發生了微妙的變化：

《周易·繫辭上》：「二人同心，其利斷金。同心之言，其臭如蘭。」因為以蘭花的氣味比擬「同心之言」，語境賦予「臭」幽香的語義。

《左傳·僖公四年》：「初，晉獻公欲以驪姬為夫人，卜之，不吉；筮之，吉。公曰：『從筮。』卜人曰：『筮短龜長，不如從長。且其繇曰：專之渝，攘公之羭。一薰一蕕，十年尚猶有臭。必不可！』」這裡把驪姬比作難聞的「蕕」，語境賦予「臭」惡臭的語義。

離開語境作靜態考察，「臭」所具有的「幽香」和「惡臭」兩種對立的語

義，實際上並不存在，「幽香」和「惡臭」只不過是不同的語境信息給予人群系統不同的心理暗示而已，新生的語義必須在相同或相似的語境中高頻率出現才能逐漸穩定。語詞的實時語義與詞典裏的義項最根本的區別在於：義項是語詞在不同時空環境中曾經表達過的語義，這些語義能否存在取決於人群系統是否繼續運用；而語詞的實時語義是實時環境現存的語義，是語義與環境互動的生態形式，也是詞典義項的唯一來源。同一語義在不同環境中衍生出新語義，意味著語義生態位的擴展與增加。語義的運動變化以人群系統心理結構認知意向為中介，由語義與環境相互作用協同進化。同一個語詞具有兩種對立的語義是不同時空環境下語義運動狀態的歷史遺留，在同一時空環境中不存在兩種對立的語義。由於同一個語詞的兩種對立的語義不在同一時空環境中共現，這就為語義的變化發展提供了選擇機會。經過兩千餘年的生態選擇，在現代漢語中，作為名詞的「臭」，其「氣味」義已經消亡，作為下位義的「幽香」與「惡臭」，「幽香」義湮滅，「惡臭」義一統天下。

不同語境信息給予人群系統不同的心理暗示，不失為語義衍生出兩種對立語義的生態運動形式。例如：

1. 《詩·大雅·烝民》：「不侮矜寡，不畏彊御。」《禮記·曲禮上》：「賢者狎而敬之，畏而愛之。」

2. 《論語·公冶長》：「子曰：『已矣乎，吾未見能見其過而內自訟者也。』」《韓非子·孤憤》：「官爵貴重，朋黨又眾，而一國為之訟。」

3. 《詩·大雅·抑》：「無言不讎，無德不報。」《史記·范雎蔡澤列傳》：「今君之怨已讎而德已報。」

4. 《左傳·昭公元年》：「主民，翫歲而愒日，其與幾何？」晉陶潛《自祭文》：「惟此百年，夫人愛之，懼彼無成，愒日惜時。」

第 1 組例句裏的「畏」，由於語境信息「彊御」的提示，可知其語義是「畏懼」，即「害怕」；而另一語境出現的「賢者」，提示其語義為「敬畏」，即「尊重」。第 2 組例句裏的「訟」，出現在孔子對人格自我修養的言談中，語境「見其過」提示「訟」的語義為「責備」；另一語境出現的「官爵貴重」，提示其語義為「頌揚」。此語義後來由後起字「頌」表示。第 3 組例句「無言不讎」與「無德不報」對文，可見「讎」的語義為「報答」；另一語境「怨已讎」與「德已報」同樣相對為文，「讎」的語義為「報復」。第 4 組例句「翫歲」與「愒日」

同義連文，明示「愒日」的語義為「荒廢時日」；而另一語境「愒日」與「惜時」同義連文，明示「愒日」的語義為「珍惜時日」。語境信息與語詞的語義互動協同，使同一個語義在不同的語境中衍生對立的新義，除了語境信息的心理暗示作用而外，人群系統心理結構認知意向的反向思惟因子也起著不可忽視的作用。

　　人群系統心理結構認知意向的反向思惟之所以催動語義的分化或衍生，是基於語義本質上的對立。我對「亂」字語義的產生和嬗變過程進行過詳細考察，〔註42〕可以證明反向思惟在語義生態運動中是同一語詞形成兩種對立語義的關鍵。

　　《說文・乙部》的「亂」和《爰部》的「𤔔」，許慎均訓為「治」，徐鉉的注音也都是郎段切，兩者音義一致。「𤔔」最古老的字形是西周懿王時牧簋銘文裏的「𤔔」，甲骨文未見獨體字形，只作為合體字「𤔔」（《南南》一・一八二）的左偏旁，其出現時代早於「𤔔」。「𤔔」的構形從爪、從𢆶、從冂，𢆶隸定為幺。甲骨文幺、糸無別，《說文・糸部》所云「糸，細絲也，象束絲之形」與甲骨文相合，故𢆶為束絲之象形。陳維稷主編的《中國紡織科學技術史》（古代部分）（科學出版社1984年4月版）第51頁指出：1979年江西貴溪崖墓（距今2595±75年，屬春秋戰國之間）出土一批紡織工具，其中有幾塊平面呈冂形的繞紗框。這種工具既可繞紗也可繞絲，絲從框上脫下即成束絲，該書附有實物圖形可資驗證。冂為繞絲框證據確鑿，無可爭議。由此可知「𤔔」的造字本義為「治絲」，如果行為不限對象，則會擴大義域用作「治」義。例如：

　　1.（春秋）晉公𡷗盤銘：「□□百絲，廣𤔔四方，至於大廷，莫不來□。」

　　2.（春秋）庫壺銘：「商之台□𤔔衣袞車馬。」

　　「𤔔」是「亂（𤔔）」的繁體，銘文的「𤔔四方」，《書・顧命》作「亂四方」，偽孔傳作「治四方」。此兩例的「𤔔」均為「治」義。

　　但是，西周銅器銘文中不乏與「治」義對立的例證，而且，戰國時期，「亂（𤔔）」的「不治」義用例更為普遍：

　　1.（懿王）牧簋銘：「今余唯或𢼄改，令女辟百僚。有回吏包，迺多𤔔，不用先王乍井，亦多虐庶民。」

〔註42〕李國正《說「亂」》，《古漢語研究》，1998年第1期，第30～36頁。

2.（孝王）五年琱生簋銘：「余既訊厷我考我母令，余弗敢亂。」

此兩例學術界已有較為一致的看法，第 1 例作名詞，義為「禍害」、「亂子」。第 2 例作動詞，義為「造反」、「作亂」。

戰國詛楚文《湫淵》：「今楚王熊相康回無道，淫失甚亂。」此「亂」即為「不治」義。而且，叀中鐘之𤔔，湖北荊門包山楚墓第 192 號簡以及睡虎地秦墓《日書》甲種第 5 號簡（正面）之𤔔（「亂」的變體），都表示「不治」義。《玉篇·乙部》：「亂，力貫切，理也：兵寇也。或作『亂』也。」《又部》：「亂，力換切，理也：亦作『亂』，兵寇也。」《玉篇》如實記錄了「亂（亂）」兼有「理」（「治」）與「兵寇」（「不治」）兩種對立的語義。

「不治」義的產生，從「亂」的原始字形「𤔔」可以看出古人造字的思惟線索：如果側重於手的行為，就體現了「治絲」的造字本義；如果側重被治物，則因束絲易紊亂而產生「不治」義。秦漢以降，「亂」的「治」義由表示水名的「治」表示，「亂」就只表示「不治」義，不再兼有對立的兩種語義。

同一語詞具有兩種對立的語義較常見於「施受同詞」，典型的例證就是「受」，甲骨文「」（《前》五·二三·二）像兩隻手交接一物。《說文·又部》：「受，相付也。從又，舟省聲。」董蓮池《說文解字考正》（作家出版社 2005 年 1 月版）第 157 頁按：「今學者以為此字兼表授、受，所從之『舟』即表授受之物，同時也兼表該字讀音。甚是。」同一物體某一方為「給予」，則相對於另一方就是「接受」。反之亦然。由此可知人群系統認知意向的反向思惟因子在語義生態運動中催生兩種對立語義的關鍵作用。

一方面，同一語詞具有兩種對立的語義雖然佔據了更多的生態位，而且限制了語詞數量的增長速度，但若環境信息不充足則有損於語義的準確表達，這就勢必做出更有利於交際功能的選擇。選擇的結果，往往兩種對立的語義分屬兩個不同的語詞承擔。因此，語義的同詞對立實質上是語義探索進化方向的生態運動，是一種過渡性的不穩定的生態表徵。另一方面，同一語詞具有的兩種對立語義絕不在同一語境內出現，彼此不可替代，恰好構成功能互補的格局，拓展了語義運用的時空環境和功能的覆蓋面。

功能互補更多地表現在同一語境中的語句層次，兩個或兩個以上的語詞或短語，相互協同，相互補充，相互提示，共同表義。中國學者稱這種文本結構

段為「互文」。古籍裏所謂「互文」，也稱為「互言」、「互辭」，或「互相足、互相備、互相明、互相見、互相成」等等。古籍裏還有所謂「對文」，是指在語法格局相同或相近的結構段中，位置相對應的同義、近義、類義、對義、反義的語詞或短語。利用對文形式能夠辨析語詞或短語的語義，但位置相對應的語詞或短語之間，彼此信息不存在互補關係。因此，有的互文雖然形式上與對文無別，而語義信息卻有本質上的區別。

語言、語言元素或言語成份與特定生態環境條件整合生成的變體所構成的類型，稱為語言生態類型。在語句層次上中國古籍互文大致有六種語言生態類型：語義重疊型、語義互補型、語義省略型、語義綜合型、語義兼類型和語義矛盾型。

（一）語義重疊型

《詩·大序》：「故正得失，動天地，感鬼神，莫近於詩。」孔穎達疏：「天地雲動，鬼神雲感，互言耳。」〔註43〕

1. 結構分析

在古漢語中，「動天地，感鬼神」可能有如下語法結構關係：

A
```
動   天   地      感   鬼   神
 |    |_並列_|      |    |_並列_|
 |_動賓_↑        |_動賓_↑
      |_____並列_____|
```

B　古漢語表被動的介詞可以省略，若視此互文已省略表被動的介詞或者動詞為使動，都會有：

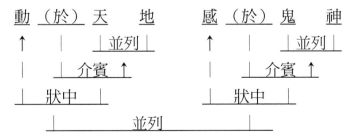

C　古漢語定中結構的短語有時可以省略中心成份，如「乘堅策肥」是「乘堅車策肥馬」的省略式。這樣又可以分析為：

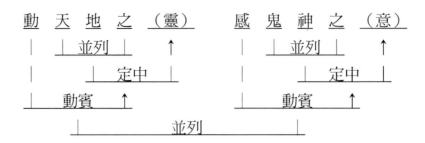

2. 認知意向

既然此互文可能有三種不同的結構模式，那就表明該語句可能涵蓋多種語義，客觀上也就為解讀互文提供了多種意向選擇的機會。孔穎達疏曰：「由詩為樂章之故，正人得失之行，變動天地之靈，感致鬼神之意，無有近於詩者。」〔註44〕顯然，孔穎達認為「天地」、「鬼神」分別是「天地之靈」、「鬼神之意」的省略式。但這只是適合互文生態形式的一種語義選擇，它在邏輯上不能排除其他可能出現的語義選擇。

3. 語境分析

為此，有必要考察該互文所在的篇章生態環境。孔氏以為「正得失」即「正人得失之行」，這與《大序》通篇精神不符。其一，《大序》云：「先王以是（指詩——引者）經夫婦，成孝敬，厚人倫，美教化，移風俗。」此句下孔疏曰：「美教化者，美謂使人服之而無厭也。若設言而民未盡從，是教化未美，故教民使美此教化也。……孔子曰，移風易俗莫善於樂言。聖王在上統理人倫，必移其本而易其末，然後王教成，是其事也。此皆用詩為之。」〔註45〕可見詩之功用，不僅正行，而且正言。其二，《大序》曰：「是以一國之事，係一人之本，謂之風。言天下之事，形四方之風，謂之雅。雅者，正也。言王政之所由廢興也。」孔疏曰：「詩之所陳，皆是正天下大法。文武用詩之道則興，幽厲不用詩道則廢。此雅詩者，言說王政所用廢興。」〔註46〕進一步看，詩不僅正言行，且「皆是正天下大法」，「正得失」與其等同於「正人得失之行」，毋寧解為「言廢興」更切合篇章生態環境。「正得失，動天地，感鬼神」形式一致，結構相同。把「正得失」視為「正人得失之行」的省略式既然與語境相扞格，則「動天地，感鬼神」解為「變動天地之靈，感致鬼神之意」也就純屬蛇足了。由於「正得失」為動賓結構關係，

〔註44〕〔清〕阮元校刻《十三經注疏》，北京：中華書局，1980年10月版，第270頁。

〔註45〕〔清〕阮元校刻《十三經注疏》，北京：中華書局，1980年10月版，第270頁。

〔註46〕〔清〕阮元校刻《十三經注疏》，北京：中華書局，1980年10月版，第272頁。

「動天地，感鬼神」在語句層次上結構關係與之保持對應，因之，B、C兩種結構分析不適合互文所在的篇章生態環境。

4. 組合關係

互文可以組合為：

A　感動天地鬼神

B　動天地鬼神　　感鬼神天地

C　感動天地　　感動鬼神

這三種組合都適合互文所在的篇章生態環境。

5. 語義分析

《說文・心部》：「感，動人心也。從心咸聲。」〔註47〕孔疏：「故《樂記》云：奸聲感人而逆氣應之，……正聲感人而順氣應之。……又曰，歌者直己而陳德也，動己而天地應焉。」〔註48〕「感人」與「動己」前後並舉，出現的語句環境相似，顯見為近義結構，是「感」亦「動」也。則「感」與「動」在互文生態環境中也是近義並用。所謂「正得失」，「得」字襯音，偏義在「失」，「正」與「得」在語義邏輯上不能搭配。因之「正得失」猶言「正失」。孔疏：「《公羊傳》說《春秋》功德云：『撥亂世反諸正，莫近諸《春秋》』。何休云：『莫近猶莫過之也』。」〔註49〕則「莫近於詩」即「莫過於詩」。

6. 文化分析

孔穎達疏：「《周禮》之例，天曰神，地曰祇，人曰鬼，鬼神與天地相對，唯謂人之鬼神耳。」〔註50〕根據這樣的傳統觀念，「天地」與「神祇」的文化內涵是一致的，若「鬼神」與「天地」相對並舉，則其文化內涵也相近。所以孔疏云：「人君誠能用詩人之美道，聽嘉樂之正音，使賞善伐惡之道，舉無不當，則可使天地效靈，鬼神降福。」〔註51〕這裡的「天地」、「鬼神」實際上文化內涵已完全一致。不僅如此，「人曰鬼」，所謂鬼神亦人之鬼神。這樣，人——鬼神——天地在傳統文化觀念體系裏是可以互相轉化、互相替代的概念。難

〔註47〕〔漢〕許慎《說文解字》，北京：中華書局，1963年12月版，第222頁。

〔註48〕〔清〕阮元校刻《十三經注疏》，北京：中華書局，1980年10月版，第270頁。

〔註49〕〔清〕阮元校刻《十三經注疏》，北京：中華書局，1980年10月版，第270頁。

〔註50〕〔清〕阮元校刻《十三經注疏》，北京：中華書局，1980年10月版，第270頁。

〔註51〕〔清〕阮元校刻《十三經注疏》，北京：中華書局，1980年10月版，第270頁。

怪孔疏云：「歌者，直己而陳德，動己而天地應焉，四時和焉，星辰理焉，萬物育焉。」〔註52〕這種「天人感應」、「天地神鬼人一體化」的哲學觀念，一直影響到後代。《論語・先進》「季路問事鬼神」宋代邢昺疏云：「子路問事鬼神者，對則天曰神，人曰鬼；散則雖人亦曰神。」〔註53〕因此，「天地」、「鬼神」、「人」儘管在語義上各有其特定的內涵，在一定的言語生態環境中可以各自獨立，相互區別，但在一定的文化生態環境中，它們就可能因具備相同的文化內涵而突破原來語義的侷限，在更高的層次上作為等義詞語運用。這樣，從功能方面考察，互文中「動」與「感」，「天地」與「鬼神」分別是兩對功能相同的言語成份，「動」與「感」在同一語句中都充當謂語，「天地」與「鬼神」都充當同位賓語。從生態語言學角度考察，「動」與「感」，「天地」與「鬼神」所佔據的生態位分別相互重疊，在特定文化層次上分別只有一種語義與之對應。

（二）語義互補型

這是中國古籍中最常見最具有代表性的互文類型。

根據互補成份的語義聯繫，語義互補型互文包括類義互補、對義互補與反義互補三種次類型。

類義互補者，如王昌齡《出塞》「秦時明月漢時關」。「秦」與「漢」，都是朝代名稱，語義相類，都充當中心詞「明月」和「關」的定語。完整的語義是「秦漢時明月秦漢時關」。

對義互補者，如《左傳・隱公元年》「公入而賦：『大隧之中，其樂也融融』；姜出而賦：『大隧之外，其樂也洩洩』」，「入」與「出」，「中」與「外」；白居易《琵琶行》「主人下馬客在船」，「主人」與「客」；杜甫《潼關吏》「大城鐵不如，小城萬丈餘」，「大城」與「小城」；《木蘭詩》「雄兔腳撲朔，雌兔眼迷離」，「雄兔」與「雌兔」。它們分別語義相對。

反義互補者，如《禮記・坊記》「君子約言，小人先言」，鄭玄注：「約與先互言耳。君子約則小人多矣，小人先則君子後矣。」〔註54〕《易・坤卦・象傳》：

〔註52〕〔清〕阮元校刻《十三經注疏》，北京：中華書局，1980年10月版，第270頁。
〔註53〕〔清〕阮元校刻《十三經注疏》，北京：中華書局，1980年10月版，第2498頁。
　　　　「對」與「散」是宋代邢昺為《論語》作注所運用的術語。「對」指兩個語詞在同一語段運用時語義有相對應相比較相區別的關係；「散」指相對應的若干語詞中其中一個語詞獨立運用的現象。
〔註54〕〔清〕阮元校刻《十三經注疏》，北京：中華書局，1980年10月版，第1619頁。

「西南得朋，乃與類行；東北喪朋，乃終有慶。」楊樹達《漢文文言修辭學》之「參互」分析此例：「亡友曾運乾云：此言與同類行則無慶，不與同類行則有慶也。義與今之電學排同引異相似。而上二句但言其事，不言其吉否；下二句言其吉否，不言其事，所謂互文以見義也。」〔註55〕「約」與「多」，「先」與「後」；「乃與類行」同「不與類行」，「乃終無慶」同「乃終有慶」，它們分別語義相反。應當注意的是，這種類型的互文，在形式上往往只出現一對反義詞中的一個語詞，在語義上與它對立的另一語詞要由認知意向逆推，不能僅僅依據現成的言語材料生硬拼湊。如不能將「約」與「先」或「乃與類行」與「乃終有慶」互補。

上述三種次類型的互文，根據兩部分語義邏輯允許的組合方式的多少，每種次類型又可以劃分為簡式互補與複式互補兩種情形。通常情況下，簡式互補的互文前後兩部分語義邏輯允許的組合方式較少，互補成份在新組合的語句中佔有的生態位沒有多大選擇自由，因而語句生態形式較少，難以構成多個結構關係不同的語句。

複式互補則組合方式較多，可以構成多個結構關係不同的語句，佔有的生態位相對有更多的選擇自由。複式互補大都是類義互補。如岑參《白雪歌送武判官歸京》「將軍角弓不得控，都護鐵衣冷難著」。「將軍」與「都護」，都是軍隊成員，語義相類，在短語中都充當主語；「角弓不得控」、「鐵衣冷難著」既是「將軍」的謂語，也是「都護」的謂語。此例互文前後兩部分的語詞，邏輯允許還可以有三種組合方式：

A. 將軍鐵衣冷難著　都護角弓不得控

B. 將軍都護角弓不得控　都護將軍鐵衣冷難著

C. 將軍、都護角弓不得控，鐵衣冷難著

但由於多種條件的限制，邏輯允許的多種組合方式並不一定都是詩歌表達的最佳方式。要確定最佳方式須得考察互文生態環境中的若干相關因素。

如杜甫《恨別》：「思家步月清宵立，憶弟看雲白日眠。」

1. 結構分析

通常語法結構關係如 A 所示：

〔註55〕楊樹達著《漢文文言修辭學》，北京：中華書局，1980 年 5 月版，第 104 頁。

A.
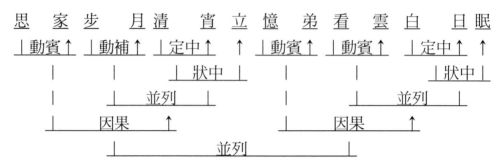

B. 原句也可能是省略了因果關係連詞的緊縮複句：「（因）思家（而）步月清宵立，（因）憶弟（而）看雲白日眠」。則語法結構可分析為：

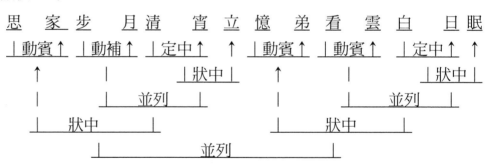

C. 也可能是「思家（於）步月清宵立，憶弟（於）看雲白日眠」省略了介詞的狀語後置句：

思　家　步　月　清　宵　立　憶　弟　看　雲　白　日　眠

2. 認知意向

三種結構關係暗示解讀文本不限於一種認知意向。通常按語法結構 A 得出的認知意向，是把前後兩個分句作為相對獨立的兩種語義來理解，但是這樣解讀違反了互文的基本原則，因而 A、B、C 三種語法結構都必須排除兩個分句各自獨立的常規認知定勢，樹立互補性整體性的思惟觀念。然而，無論是並列關係，先因後果，抑或先果後因，必然導致不同的認知意向，由此產生不同的語義解讀。

3. 社會背景

杜甫在成都寫這首詩時正值安史之亂，兵戈頻仍，家山迢遞，音問阻絕。安史之亂造成的思親之切，離別之恨，不再是作者個人的遭際與恩怨，而是一

個社會，一個時代的縮影。這就為語境分析提供了參考旨向。

4. 語境分析

「洛城一別四千里」，「胡騎長驅五六年」分別從空間與時間兩個維度，點明安史之亂發生的範圍之廣，耗時之久；「草木變衰行劍外」，「兵戈阻絕老江邊」則將無自覺意識的草木與有意識情感的人相提並舉，抒發了「樹猶如此，人何以堪」的感慨。這就為進一步表達羈旅在外的作者無時無地不在思念家人的深切情懷，造成了胡騎長驅、兵戈阻絕、草木變衰、洛城闊別的特定語境氛圍。

5. 組合關係

互文可以組合為：

A. 思家憶弟步月清宵立　　憶弟思家看雲白日眠

B. 步月清宵立思家憶弟　　看雲白日眠憶弟思家

C. 思家憶弟步月清宵立看雲白日眠

6. 語義分析

「思家」與「憶弟」語義相類，共同構成「思念親人」這一語義核心。思親之切由反常的特殊行為凸顯出來：清宵本是睡眠的時間，但詩人卻在月光下佇立徘徊；白日本是勞作的時間，但詩人卻望著天上的白雲進入夢鄉。作者以這兩個典型的思親畫面涵蓋了所有的生活場景，以鮮明精練的形象，表達了詩人無時無地不在思念家人的深切情懷。因此，語義解讀不應狹隘理解為只有「步月清宵立」「看雲白日眠」才思親；更不能誤解為「步月清宵立」才思家，「看雲白日眠」才憶弟。

複式互補型互文的互補成份在新組合的語句中相對有較多選擇生態位的自由，因而在同一環境層次中同一互文可能具有多種語義和語法結構關係。

再看下例：

杜甫《春望》：「感時花濺淚，恨別鳥驚心。」

1. 結構分析

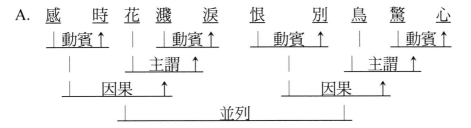

B.「感時」、「恨別」在古漢語中後置成份通常表原因，這樣，「感時」、「恨別」就是「感於時」、「恨於別」的省略式：

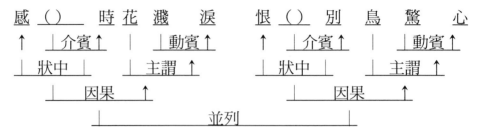

C. 表使動，也可視為省略介詞：

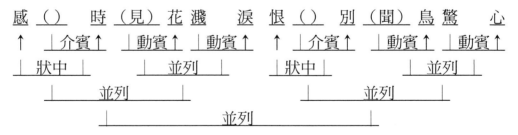

2. 認知意向

司馬光《續詩話》：「古人為詩，貴於意在言外，使人思而得之，故言之者無罪，聞之者足以戒。近世唯杜子美，最得詩人之體，如《春望》詩『國破山河在』，明無餘物矣；『城春草木深』，明無人跡矣。花鳥平時可娛之物，見之而泣，聞之而悲，則時可知矣。」如按司馬光的理解，則有如下分析：

感 （） 時 （見）花 濺 淚 恨 （） 別 （聞）鳥 驚 心
↑ ｜介賓↑ ｜動賓↑ ｜動賓↑ ↑ ｜介賓↑ ｜動賓↑ ｜動賓↑
｜狀中｜ ｜ 並列 ｜ ｜狀中｜ ｜ 並列 ｜
｜ 並列 ｜ ｜ 並列 ｜
｜ 並列 ｜

由於認知意向的不同，即使不增字，也還可能有另外的結構分析。

3. 語境分析

漢語語句很難省略謂語動詞，故司馬光增字解詩不一定切合原詩意旨，因而有必要考察互文所在的篇章生態環境。首聯出句「國破山河在」與頸聯出句「烽火連三月」相呼應。國破之下，山河雖在，烽火不息，「感時」即對此而言。此情此景，即使花也濺淚，何況於人！首聯對句「城春草木深」與頸聯對句「家書抵萬金」相呼應。「草木深」則人跡空，人跡空則家書貴，「恨別」即對此而言。人違訊絕，提心弔膽，即使鳥也心驚，何況於人！「花濺淚」、「鳥

驚心」這種賦物以情的手法顯然比直抒胸臆的「見花濺淚」、「聞鳥驚心」更見匠心。如取後者，則與司馬光「古人為詩，貴於意在言外，使人思而得之」的見解相悖。

4. 語義分析

《說文・心部》：「感，動人心也。」「恨，怨也。」《集韻》線韻：「濺，激也。」《廣韻》庚韻：「驚，懼也。」這些語詞的語義相互獨立，在語句環境中各占一定生態位，不存在生態位重疊。「感」、「恨」、「濺」、「驚」在古漢語中均為不及物動詞，「時」、「別」不是「感」、「恨」的對象或結果，而是原因。「淚」、「心」不是受事而是施事。因此互文的語義內涵暗示互文應是如下結構關係：

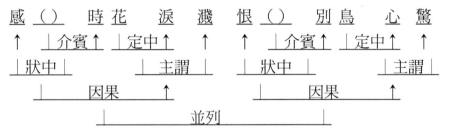

若依此分析，語義邏輯尚存扞格，鳥心即令可驚，花豈能有淚？

5. 文化分析

這就得從文化環境作進一步的考察。賦物以情即今之擬人手法，在唐詩中已普遍運用。如李白《春思》「春風不相識，何事入羅幃」，《古風》四十七「桃花開東園，含笑誇白日」，《蜀道難》「又聞子規啼夜月，愁空山」；李頎《聽董大彈胡笳兼寄語弄房給事》「先拂商弦後角羽，四郊秋葉驚摵摵」；戴叔倫《江都故人偶集客舍》「風枝驚暗鵲，露草泣寒蟲」；皇甫冉《春思》「鶯啼燕語報新年，馬邑龍堆路幾千」；李商隱《早起》「鶯花啼又笑，畢竟是誰春」，《錦瑟》「滄海月明珠有淚，藍田日暖玉生煙」，《無題》「春蠶到死絲方盡，蠟炬成灰淚始乾」；杜牧《贈別》「蠟燭有心還惜別，替人垂淚到天明」。擬人手法在杜甫詩中也普遍運用，如《送韋十六評事充同谷防禦判官》「吹角向月窟，蒼山旌旆愁。鳥驚出死樹，龍怒拔老湫」；《獨酌成詩》「燈花何太喜？酒綠正相親」；《絕句漫興》之五「顛狂柳絮隨風舞，輕薄桃花逐水流」；《遣悶奉呈嚴公二十韻》「烏鵲愁銀漢，駑駘怕錦幪」；《甘園》「青雲羞葉密，白雪避花繁」。這樣，「花濺淚」、「鳥驚心」人格化的結果排除了增字解為「見花濺淚」、「聞鳥驚心」的認知意向。

6. 組合關係

互文可以組合為：

A. 感時恨別花濺淚，恨別感時鳥驚心

B. 感時花鳥濺淚，恨別花鳥驚心

C. 感時花濺淚驚心，恨別鳥驚心濺淚

D. 感時恨別花鳥濺淚驚心

其中 D 種組合雖然語義邏輯允許，但不適合互文所在的篇章生態環境。可見複式互補型的互文前後兩個部分在篇章生態環境中的組合方式較多，互補成份在新組合的各個語句中可以佔據不同的生態位，因而可能造成不同結構關係的多種語句生態形式。

（三）語義省略型

省略通常以默契為前提，古代典籍裏互文語句成份的省略在當時必定具有較強的社會默契性，否則人們就無法讀懂這類互文。對後代而言，這類省略了語句成份的互文客觀上造成了解讀的困難。如《左傳·襄公四年》：「穆叔如晉，報知武子之聘也。晉侯享之，金奏《肆夏》之三，不拜；工歌《文王》之三，又不拜；歌《鹿鳴》之三，三拜。」

社會意識的默契以文化認同為基礎，缺乏春秋戰國時期禮樂文化常識的讀者，只憑文字表層意義無法正確破譯這段文字的真諦。這就須要進行文化分析。孔穎達在這段文字後疏曰：「此晉人作樂先歌《肆夏》，《肆夏》是作樂之初，故於《肆夏》先言金奏也。次工歌《文王》，樂已先作，非復以金為始，故言工歌也。於《文王》已言工歌，《鹿鳴》又略不言工，互見以從省耳。」〔註56〕由孔穎達的解釋可知，春秋戰國時期奏樂配歌是諸侯會宴賓客的一種禮節。晉侯宴穆叔，作樂先言金奏，事實上用金屬樂器奏樂是同樂工歌誦同步進行的。因此，先言「金奏」，省略了「工歌」；次言「工歌」，省略了「金奏」；再次言「歌」，既省略了「金奏」，又省略了「工」。中國古代禮制，現代人知之甚少，這就需要參考古代學者的注釋，否則很難正確破識互文語義。如《禮記·喪大記》：「小臣復，復者朝服。君以卷，夫人以屈狄。」鄭玄注：「君以卷，謂上公也；夫人以屈狄，互言耳。上公以衰，則夫人用褘衣；而侯伯以鷩，其夫人用揄狄；子男以

〔註56〕〔清〕阮元校刻，《十三經注疏》，北京：中華書局，1980 年 10 月版，第 1931 頁。

毳，其夫人乃用屈狄矣。」孔穎達疏曰：「男子舉上公，婦人舉子男之妻。男子舉上以見下，婦人舉下以見上，是互言也。」孔疏又曰：「君以卷者，謂上公以袞冕而下。夫人以屈狄者，謂子男之夫人自屈狄而下。」〔註57〕由此可見，「君以卷，夫人以屈狄」前部分省略了「君夫人用褘衣」；後部分省略了「子男以毳」。如果不明白周代喪禮對不同爵位品級的有關規定，根本就不會知道這是語義省略型互文，更不會知道省略的具體內容。

由此可見，考察語義省略型互文的關鍵在於文化分析。不懂文化或文化錯位，都會造成失讀或誤解。

（四）語義綜合型

互補是不同分句裏位置相對應的語詞的意義相互補充；綜合是不同分句裏位置相對應的語詞的意義整合為一個新的語義。與通常認為互文是為了節省言語材料，以較少的文字表達較豐富內容的觀點相反，語義綜合型互文則是以較多的富於形式美感的文字，表達較少的需要突出的內容。

范仲淹《岳陽樓記》：「不以物喜，不以己悲。」其中「物」與「己」不但指他人與自己，而且整合為涵蓋他人和自己的所有人事環境；「喜」與「悲」也不僅指高興或悲傷，二者整合為涵蓋喜怒哀樂的一切情感。

《木蘭詩》：「東市買駿馬，西市買鞍韉。南市買轡頭，北市買長鞭。」「東市」、「西市」、「南市」、「北市」不可孤立理解為「東邊的市場」、「西邊的市場」……，它們共同整合為一個新的語義：「所有的市場」。「駿馬」、「鞍韉」、「轡頭」、「長鞭」，也整合為一個新的語義：「行李」。同時還留下了十分豐富的想像空間：木蘭是否還購買了其他諸如生活用品、武器裝備等等。這一互文花費了不少文字，乾脆直接說「到所有市場去買了許多行李」，不是更簡潔明白，更符合語言的經濟性原則嗎？

但《木蘭詩》並非普通的社會交際言語，而是靠藝術魅力來感動人的文學文本。文學文本不僅具有普通社會交際言語的信息傳播功能，更重要的是必須塑造生動的形象來凸現其美學功能。在經濟性原則與價值性原則不能兼顧的情況下，文學文本往往不惜犧牲經濟性原則而力求最大化展現自身的審美價值，從而獲得經久不衰的藝術生命力。這就是文學文本中的語義綜合型互文之所以

〔註57〕〔清〕阮元校刻，《十三經注疏》，北京：中華書局，1980 年 10 月版，第 1572 頁。

存在的根本原因。「東市、西市、南市、北市、駿馬、鞍韉、轡頭、長鞭」，乍一看似乎很不精練，但是它們構成了有規律的節奏，造成了言語形式整齊對稱的格局，既有形式美，又有音律美，這就不是兩句經濟性很強但毫無美感的大白話所能比擬的了。

語義綜合型互文中像這類具有審美價值的語詞，就是言語在文學文本環境中的羨美生態，也就是在特定文學環境中一定歷史時期的一定社會主體的審美條件與一定文本的言語成份的整合。它是文學言語功能達到一個高級層次的表徵。

（五）語義兼類型

所謂兼類，是指構成互文的成份在語義上兼有兩種類型的特徵。

《木蘭詩》：「將軍百戰死，壯士十年歸。」僅從本語句的語義內容來看，「將軍」、「壯士」都是對人的不同稱謂，語義不同。但在篇章生態環境中，卻同指木蘭。這兩個詞語的語義在特定環境中發生重疊，「將軍」就是「壯士」，「壯士」亦即「將軍」，這是語義重疊型互文的特徵。「百戰死」與「十年歸」在語義上相互補充。如果脫離篇章環境，一般會認為「死」是「百戰」的結果補語，可是結合全詩語境考察，「死」實際上是行為狀語後置。如果將軍真的戰死，壯士何以得歸？「百」和「十」都是虛數，意為無數次拼死作戰，多年之後回到家鄉，這是語義互補型互文的特徵。

杜牧《早雁》：「仙掌月明孤影過，長門燈暗數聲來。」脫離互文看，「仙掌」是「仙人手掌」的縮略語，「長門」即「高門」。如聯繫社會歷史背景考察，「仙掌」指漢朝建章宮裏手承露盤的銅仙人，「長門」指漢朝陳皇后失寵後居住的長門宮。這兩個語詞在詩篇生態環境中都不是特指，而是「漢宮」的同義詞，因此，本來語義各自獨立的兩個語詞，在特定生態環境內，語義卻發生重疊。「月明」與「燈暗」既互相補充，又相互映襯，因月明而顯得燈暗，以燈暗反襯月明。「孤影過」與「數聲來」既互相補充，又相互聯繫，因影孤故叫聲少，以叫聲少襯雁之孤。可見此互文兼有重疊與互補兩種類型的特徵。

杜牧《阿房宮賦》：「燕、趙之收藏，韓、魏之經營，齊、楚之精英，幾世幾年，取掠其人，倚疊如山。」其中前三個分句裏的「燕、趙」，「韓、魏」，「齊、楚」並非特指某兩個具體的國家，而是泛指戰國時期除秦國以外的任何諸侯國。「燕、趙」，「韓、魏」，「齊、楚」對舉並不只表示當時東方的六個

強國，三組國名交互為文是以強國涵蓋弱國，以大國涵蓋小國，一言以蔽之，即以具有代表性的六個國家的名稱，概括戰國時期除秦國以外的全部國家。可見三組國名已整合為一個新的語義。而「收藏」、「經營」與「精英」意義相互補充，同一語句包涵互補成分與綜合成份，這是兼有兩種類型特徵的互文。

柳宗元《捕蛇者說》：「悍吏之來吾鄉，叫囂乎東西，隳突乎南北，譁然而駭者，雖雞狗不得寧焉。」「叫囂」與「隳突」意義相互補充，表現悍吏一面橫衝直闖、一面大聲叫罵的兇狠形象。而「東西」與「南北」就不是相互補充，因為「東西南北」並非表示四個方向，而是指鄉村裏無論何處。可見「東西」與「南北」已整合為一個新的語義，具備明顯的語義綜合型互文的特徵。同一語句中既有互補成分，又有綜合成份，這是兼有互補與綜合兩種類型特徵的互文。

這一類型的互文可能出現的組合方式較少，它們在不同生態環境中的生態形式、語義和語法結構可以參照語義互補型互文的方法逐層分析。

（六）語義矛盾型

這類互文中的兩個互補成份在同一語句生態環境中的組合存在語義邏輯上的矛盾。例如，《詩・小雅・采芑》「鉦人伐鼓」。

1. 結構分析

這個語句只有一種結構分析：

```
    鉦      人      伐      鼓
    └ 定中 ↑      └ 動賓 ↑
    └      主謂        ↑
```

2. 語義分析

孔穎達疏：「《說文》云：『鉦，鐃也。似鈴，柄中，上下通。』」《說文・人部》：「伐，擊也。」鉦人，擊鉦之人。鉦人何以伐鼓？費解。就語句層次而言，「鉦人伐鼓」在語義構成上存在邏輯矛盾。

3. 語境分析

此句在《采芑》第三章，其章云：「鴥彼飛隼，其飛戾天，亦集爰止。方叔涖止，其車三千，師干之試。方叔率止，鉦人伐鼓，陳師鞠旅。顯允方叔，伐鼓淵淵，振旅闐闐。」此章描述宣王命方叔南征蠻荊出發前檢閱軍隊的情形。孔疏云：「方叔既臨視乃率之以行也，未戰之前則陳閱軍士。則有鉦人擊

鉦以靜之，鼓人伐鼓以動之。至於臨陣欲戰，乃陳師旅誓而告之。以賞罰使之用命，明信之。」〔註58〕既是出征前閱兵，氣氛必定莊嚴，所以孔疏云「鉦人擊鉦以靜之」。閱兵的目的在於振奮士氣，所以孔疏又云「鼓人伐鼓以動之」。「鼓人伐鼓」為後文「伐鼓淵淵」所印證，但在全詩四章中都找不到支持「鉦人伐鼓」這一語義構成的證據。

4. 文化分析

為此得進一步在文化傳統方面找原因。《周禮·地官·鼓人》云：「以金鐃止鼓。」〔註59〕孔穎達在「伐鼓淵淵，振旅闐闐」下疏：「《大司馬》云，鳴鐃且卻，聞鉦而止，是鉦以靜之。《大司馬》又曰，鼓人三鼓，車徒皆作，聞鼓而起，是鼓以動之也。」「凡軍進退皆鼓動鉦止，非臨陣獨然。依文在陳師鞠旅之上，是未戰時事也。」〔註60〕既然《周禮》以金鐃止鼓，則鉦人不應伐鼓而應擊鉦。既然鼓動鉦止非臨陣獨然，則軍旅誓師，必然鉦鼓齊備，人員各司其職。《采芑》第三章既云「伐鼓淵淵」，則必有「鼓人伐鼓」，鉦人豈能越俎代庖？

5. 認知意向

「鉦人伐鼓」後文是「陳師鞠旅」，則「鉦人」、「鼓人」的行為都發生在臨陣之前，誓師之時。鄭玄箋云：「鉦也，鼓也，各有人焉。言鉦人伐鼓，互言爾。」〔註61〕由於文化環境的界定以及「鉦人伐鼓」語義構成上的扞格，誘導認知意向朝著分化語句的思路發展。如果充當定語與充當賓語的兩個成份相互迴避，就可以消除語義邏輯矛盾。

6. 組合關係

清理組合關係的結果，原句正常的組合成份與表達形式應當是：

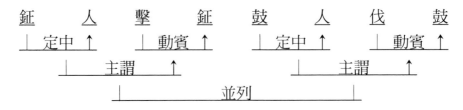

〔註58〕〔清〕阮元校刻，《十三經注疏》，北京：中華書局，1980年10月版，第426頁。

〔註59〕〔清〕阮元校刻，《十三經注疏》，北京：中華書局，1980年10月版，第721頁。

〔註60〕〔清〕阮元校刻，《十三經注疏》，北京：中華書局，1980年10月版，第426頁。

〔註61〕〔清〕阮元校刻，《十三經注疏》，北京：中華書局，1980年10月版，第426頁。

換言之，「鉦人伐鼓」實質上是一個省略了成份的緊縮複句。它在語義上分述兩件事，在結構上則省略了第一分句的謂語和第二分句的主語。可見語義發生矛盾的深層原因並非邏輯失誤，省略語句成份過當是造成語義矛盾的主要原因。

以上文例的分析，在更為廣闊的生態環境中探討句法結構與語義的相互關係。語句的組合不但在句法結構上有層次性，語句所在的環境也有層次性。語義的表達不但與句法規則、邏輯規則相關，與語句所在的自為環境即人的認知意向和自在環境之自然結構、社會結構、文化積澱關係密切。這些因素對互文的語義及結構關係，在不同的環境層次上有不同程度的誘導、制約作用。互文與不同的環境因子相互整合能夠生成語義各異、生態形式不同的變體，這些變體為同一言語成份的語義表達，拓展了更多的生態位，提供了多方向進化的選擇機會。因此，語義的對立與互補，本質上是語言在功能目的驅動下，與不同層次的環境因子相互作用相互協同，尋求語義表達最佳生態位的生態運動。

四、語義的同化與異化

環境在不斷地變化，語言或語言成份也必須不斷地運動變化，這是異化產生的根本原因。另一方面，語言系統和語言成份在運動中總是力求與環境協同，以趨同的生態運動強化類同的特徵，保持語言系統和語言成份自身的相對穩定和發展。因此，異化的產生醞釀著同化的發軔，而同化的擴展伴隨著異化的興起。

趨同的生態運動造成大量同義語詞，同義語詞並沒有因為語義相同而互不相容，相反，由於同義語詞的存在使語義的表達更為細緻精密，而同義語詞同中有異，各自佔有的生態位很少重疊，大多形成互補格局，這樣與不同生態環境構成的語義場大大增強了語義的表達功能。換句話說，大量同義語詞存在的前提就是它們的相異特徵，若沒有相異之處那就成為等義語詞，而等義語詞生態位重疊必然競爭激烈，這就是任何語言都極少等義語詞的根本原因。同義語詞與環境相互作用也在運動變化，有的異化，有的泛化，有的特化，有的消亡，同時環境催生新的同義語詞。任何同義語詞的語義場都在不停地新陳代謝。

同義語詞同中之異的辨析，近年來已引起學術界重視，浙江大學黃金貴先生首創整套系統的辨析方法，且以 10 年時間鑄成巨著《古代文化詞義集類辨考》，為建立現代訓詁科學體系奠定了基石。現代訓詁科學體系不僅繼承和發

揚了傳統訓詁學行之有效的語義研究方法，而且突破了古代學者囿於傳統文獻的侷限，放開眼界，充分利用地下出土的文物和考古成果以及各個領域各個學科的研究成果，從語義存在的自然環境、社會環境、文化環境以及不同時代不同群體的認知意向，多層次全方位地考察語義的歷時嬗變與共時動態，開啟了漢語文化語詞與不同語境相互作用相互協同，在同義之中又保持不同特徵的文化密鑰，把漢語語義研究推進到一個嶄新的高度。

　　自然環境因子與語詞的互動，一方面使同義語詞各具特色，和諧共存，另一方面人群系統心理結構認知意向的介入，促使同義語詞分化。以「險（嶮）」組同義語義場為例，〔註62〕「險」的語義舊注紛繁，其說不一。作者指出：字形從阜僉，僉聲通嚴聲，「傅巖」《史記‧殷本紀》作「傅險」。「險」取「嚴」的高峻義，本義為高峻的山險，即高山之阻。「阻（岨）」，從阜且省聲，聲兼義，本義為攔止的山川，即山川之阻。「險」、「阻」分別以自然環境因子高山和山川為語義依託，在古代文獻中出現頻率較高，穩定性較強。「限」從阜艮聲，艮聲有止義，攔止程度大於「阻」，指難以逾越的自然險阻。「限」和「險」、「阻」一樣以「阜」為語義依託，但中古以後就幾乎不用了，這與人群的認知意向用語取向有直接關係。「隘（阨、阸）」，從阜嗌省聲，「嗌」為咽喉，故「隘」是狹長通道所成之阻。它同樣以「阜」為語義依託，更以「咽喉」為喻，特色顯著，直到現代仍具有生命力。「塞」本義堵塞，引申為險塞，指自然形成或利用自然地勢人工構築的邊境之阻，漢代特指長城。「險塞」義式微，「長城」義沿用至今，人群心理結構認知意嚮明顯影響到語義的消長。「固」，《說文‧口部》：「固，四塞也。」本義為四周都有天然險阻之地。然此義見於漢代和漢代以前，漢以後幾乎不用作名詞，以致不少辭書將先漢文獻中的「固」誤釋為「堅固」，可見人為意識對語義運動在特定時期或特定環境條件下具有主導作用。「險（嶮）」組語義場的 6 個同義語詞都與自然環境因子聯繫密切，但人群心理結構認知意向對語義消長的影響明顯強於自然環境因子的作用力。

　　社會環境因子是同義語義場形成的催化劑，「方」組同義語義場就是社會經濟基礎和社會制度發生變革的產物。〔註63〕原始氏族解體，奴隸制興起，氏

〔註62〕黃金貴著《古代文化詞義集類考辨》（新一版），北京：商務印書館，2016 年 3 月版，第 21～23 頁。

〔註63〕黃金貴著《古代文化詞義集類考辨》（新一版），北京：商務印書館，2016 年 3 月版，第 3～7 頁。

族部落的「氏」為適應社會制度的變革轉為「方」。「方」是奴隸制國家雛形的表徵，也是漢語表示國家概念最早的稱謂。周初實行分封制，殷商時期的「方」與周代諸侯之封地已名實相違，新的社會體制下催生的「邦」，正是奴隸制全盛時期城邦國家的表徵。春秋時期鐵器和牛耕的推廣促進了生產力的發展，周王室式微而諸侯獨立，奴隸制的經濟基礎井田制瓦解，郡縣製取代分封制，代表封建制上升期獨立政權稱謂的「國」遂應運而生：《老子》第三十六章「國之利器，不可以示人」，《韓非子·喻老》作「邦之利器，不可以示人」。「邦」、「國」同義異文。《列子·楊朱》：「雖殊方偏國，非齊土之所產育者，無不必致之。」「方」、「國」同義對文。《詩·大雅·烝民》：「邦國若否，仲山甫明之。」《詩·大雅·大明》：「厥德不回，以受方國。」「邦國」、「方國」同義連文。可見，「國」與「方」、「邦」構成同義系列。另有「邑」作為謙稱，如《左傳·僖公四年》：「君惠徼福於敝邑之社稷，辱收寡君，寡君之願也。」楚國使節屈完對齊侯以「敝邑」稱自己的祖國。秦以後「邑」的「國家」義消亡。「塞」由邊塞義引申為國家，特指華夏周邊的方國，直至唐宋詩詞中仍沿用，但非國家的常用稱謂。「國」雖是後起的稱謂，但作為泛指與特指其義域涵蓋面廣，僅特指就有 5 種語義：

1. 氏族。《左傳·哀公七年》：「禹合諸侯於塗山，執玉帛者萬國。」

2. 奴隸制的方國。《史記·殷本紀》：「及西伯伐饑國，滅之。」

3. 奴隸制分封的方國。《左傳·昭公二十八年》：「昔武王克商，光有天下，其兄弟之國者，十有五人，姬姓之國者四十人，皆舉親也。」

4. 戰國時的封君食邑。《戰國策·齊策四》：「齊王謂孟嘗君曰：『寡人不敢以先王之臣為臣！』孟嘗君就國於薛。」

5. 漢代的諸侯國。《鹽鐵論·錯幣》：「山東姦猾咸聚吳國。」

　　「國」本是封建經濟結構催生的國家稱謂，因為佔據了廣闊的生態位而超越了社會經濟環境的束縛，能夠指稱任何政治經濟制度的國家，「方」和「邦」卻因與之聯繫的社會經濟制度的消亡而式微。作為語言與外生態環境的中介，人群系統這個自為環境的心理結構認知意向，對語義的興衰較之自然因子、社會因子起著更為重要的作用。

　　文化環境因子作用下形成的同義語義場，由於同義語詞的語義雖同而文化背景各異，具有不同的情感色彩與審美價值，因而佔據了不同的生態位而

得以和諧共處。例如「鯉魚」、「鴻雁（鴈）」、「青鳥」、「黃耳」這組同義語詞就有各自不同的文化來源。〔註64〕《古樂府詩》：「客從遠方來，遺我雙鯉魚。呼兒烹鯉魚，中有尺素書。」表明漢代即有鯉魚傳書的民俗。《史記·陳涉世家》就有「卒買魚烹食，得魚腹中書」的記載。後來用木板作魚函，唐代又以絹帛為囊函，還有人「以朝鮮厚繭紙作鯉魚函」（元尹士珍《琅嬛記》）。漢代以後的文學作品常以「鯉魚」代稱神秘難得的書信。「鴻雁（鴈）」作為「信使」源於民族文化意識，古人認為鴻雁有美好的品德，能「隨時南北，不失其節」，「飛成行，止有列」（《白虎通·嫁娶》），故雁在先秦兩漢常作禮贄用於婚禮，且產生鴻雁繫足傳書的聯想。南北朝已常用作信使，又代稱書信，寄託人的美好思念。「青鳥」是中國古代神話傳說中西王母的使者，新鄭出土漢畫像磚《周穆王會晤西王母圖》即畫其事。隋薛道衡《豫章行》：「願作王母三青鳥，飛來飛去傳消息。」「青鳥」作為信使帶有理想浪漫的色彩。「黃耳」是晉代陸機所豢養的黃犬，曾為羈寓京師的陸機齎書信遠送其家。後「黃耳」或「黃犬」遂作信使之稱，多用於傳遞家信，具有濃重的鄉戀情懷。「鯉魚」、「鴻雁（鴈）」、「青鳥」、「黃耳」是「信使」或「書信」語義與不同文化因子相互作用所生成的羨美生態變體，它們的運用擴展了「信使」或「書信」同義語義場的生存空間，增強了同一語義在不同文化環境中的表達功能。

然而，倘若語義賴以生存的環境改變，或者語義的表達重心轉移，喪失特定環境依託的語義受人群的社會行為或認知意向誘導，不是消亡就會發生異化，與新的環境協同形成新的語義。例如「寺」，《說文·寸部》：「廷也。有法度者也。從寸之聲。」「廷」，《說文·廴部》：「朝中也。從廴壬聲。」可見「寺」本義指議事所在的朝廷，引申指官府。《漢書·何竝傳》「令騎奴還至寺門」注：「諸官曹之所，通呼為寺。」《後漢書·劉般傳》：「時五校官顯職閒，而府寺寬敞。」「府」、「寺」同義連文。「太常寺」、「鴻臚寺」、「大理寺」的「寺」，都指官府。《廣韻·志韻》：「漢西域白馬馱經來，初止於鴻臚寺，遂取寺名，創置白馬寺。」於是，「寺」便有了「放置佛經之所」的語義。到南北朝時，佛學大興，寺廟林立，在新的社會環境和佛教文化催動下，「寺」的語義異化為「廟宇」，「官府」義逐漸式微。上古時期，貴族階級有姓氏，因此「百姓」

〔註64〕黃金貴著《古代文化詞義集類考辨》（新一版），北京：商務印書館，2016年3月版，第819～822頁。

指貴族。當社會進步到不分門第貴賤，平民也可有姓氏，「百姓」的語義也就異化為「平民」。「錢」本來是除草的農具，在以物易物的時代，農具也是交易品。後來模仿錢的形狀製造貨幣。社會生產力發展，錢作為落後的農具被淘汰，「錢」的語義異化為「貨幣」。

　　「觀」、「象魏」、「闕」向來被認為是同物異名，其實是一組特徵各異的同義語詞。〔註65〕「觀」是上古朝廷門前建於高臺的獨立建築物，用於懸布文告或登觀。「闕」本指城門兩邊的高臺和角樓。漢代指建於高臺的獨立建築物，使用的對象、範圍都廣於觀，設置地點異於觀，形制多於觀，主要作為禮儀裝飾和標誌崇高的身份地位。觀的主要功能是懸布文告使民觀之，但後來其登高而觀的功能逐漸佔據主導地位，因之後世利於登觀之建築，凡臺榭、樓屋、宮館等皆謂之觀。於是上古懸掛朝廷文告的建築物，在文本中逐漸異化為登臨遊覽之所，人群的社會行為使物象的功能發生轉移，語義異化也就勢所難免。漢代闕的形制多種，精美絕倫，但不為登高觀望或懸掛文告，而是顯示等級、身份、地位的裝飾性標誌。漢闕巍峨，當然是為了突出皇帝至高無上的權威，因之「闕」順理成章代稱皇帝和朝廷。「闕」漢代「高臺上獨立建築物」的語義在唐以後漸趨陵夷，而異化產生的「朝廷」義卻長盛不衰，這與人群心理結構中尊崇皇權的認知意向密切相關。「象魏」上古乃「觀」之別稱。秦以後單用或「象」、「魏」分別與其他語素連用作「闕」的別稱。《周禮·天官·大宰》：「正月之吉，始和。布治於邦國都鄙，乃縣治象之法於象魏，使萬民觀治象，挾日而斂之。」唐賈公彥疏：「周公謂之象魏，雉門之外兩觀闕高巍巍然。……云『觀』者，以其有教象可觀望。」可見「象魏」之得名，一是有「教象」，二是觀有「高巍巍然」之特徵。戰國以後，「魏」常與「闕」、「觀」連文，被「闕」、「觀」的語義同化而產生「闕」、「觀」義。如：《莊子·讓王》：「身在江海之上，心居乎魏闕之下。」陸德明《經典釋文》：「象魏，觀闕，人君門也。」《文選·班固〈典引〉》：「集羽族於觀魏。」張銑曰：「觀、魏，皆闕也。」《說文·嵬部》：「巍，高也。從嵬委聲。（牛威切。臣鉉等曰：今人省山以為魏國之魏。語韋切）」「魏」的本義為「高」，由於語境誘導而異化產生了與本義完全沒有關係的新義。

〔註65〕黃金貴著《古代文化詞義集類考辨》（新一版），北京：商務印書館2016年3月版，第656～659頁。

　　語義的同化與異化改變了語義縱向引申的路線，語詞的語義在與自在和自為生態環境的相互作用相互協同過程中，或者消亡，或者新生。新生的語義與由本義衍生的引申義縱橫交錯，構建出大大小小層次不同適用於不同環境的語義場。

　　上世紀 80 年代以來，不少學者就語義脫離本義引申路線異化的現象進行了研究，認為是文本語境中經常與其他語詞或語素連用造成的結果。蔣紹愚把這種現象稱為「相因生義」，孫雍長稱之為「詞義滲透」，張博稱為「組合同化」，楊琳稱為「詞義沾染」，還有其他說法，總之，語詞語義的橫向改變與生態環境息息相關，愈來愈引起學術界的重視。施曉風《生成整體論視角下詞義組合同化的認知分析》一文贊同徐盛桓（《認知語用學研究論綱》，《外語教學》2007 年第 3 期）的觀點：「詞義的組合同化不同於詞義的歷時演變，它更傾向於橫向組合關係中詞義之間的相互影響，研究人們如何利用動態言語環境和認知信息來補充語義。」〔註66〕並且舉出「赴救」、「賞募」和「典藏」三例予以分析說明。〔註67〕不過，僅限於文獻的舉證和文本的表層分析顯然是不夠的。

1. 赴　救

　　「赴救」本是表承接關係的連動短語，意為「前往救援」，始見於東漢桓譚《新論・言體》：「〔楚靈王〕不敢赴救，而吳兵遂至。」「赴救」作為及物的連動短語，賓語承前省略，原因大概是「赴」當趕赴、前往講，本應跟表處所的賓語，而「救」的對象應為具體的人或事，二者所應及的賓語不同，故「赴救」連用，賓語往往省略。比「赴救」連用表「前往救援」義稍晚，中古時期，「赴」單用時已脫離「前往」義，如：南朝梁元帝《金樓子・立言下》：「指水不能赴其渴，望冶不能止其寒。」「赴」、「止」同義對文，顯見「赴」已產生「止」義。而「止」早在西漢時就有「救」義：枚乘《上書諫吳王》：「欲湯之滄，一人炊之，百人揚之，無益也，不如絕薪止火而已。不絕之於彼，而救之於此，譬由抱薪而救火也。」「絕」與「止」、「救」分別對文，「止火」與「救火」同義互證，可知「赴其渴」即「救其渴」。看來，「赴」產生「救」義不僅

〔註66〕施曉風《生成整體論視角下詞義組合同化的認知分析》，《山東師範大學學報》（人文社會科學版），2016 年第 61 卷第 6 期，第 144 頁。

〔註67〕施曉風《生成整體論視角下詞義組合同化的認知分析》，《山東師範大學學報》（人文社會科學版），2016 年第 61 卷第 6 期，第 146〜148 頁。

由於實時動態言語環境同義對文的影響，在表層言語環境的深層，歷時文化環境積澱的人文語義信息作為內因起著決定性的作用。「赴救」之「赴」產生「救」義雖然談不上「相因」、「滲透」或「沾染」，但同義對文的生態形式本身就揭示了語義與環境因子的互動協調，是語義離開本義發生異化，與語境中相關語義相互作用同化而產生新義的根源。

2. 賞　募

「募」義為「募集、招求」，「賞」是手段，「募」是目的。「賞募」即表「懸賞招募」，始見於六朝時期。《後漢書‧張法滕馮度楊列傳》：「郡濱帶江沔，又有雲夢藪澤，永初中，多虎狼之暴，前太守賞募張捕，反為所害者甚觸。」魏晉南北朝時「募」單獨使用產生了「賞」義，如：《賢愚經》卷六：「往從乞眼，庶必得之，若得其眼，兵眾可息，此事苟辦，當重募汝。」施文的解釋是：「賞募」組合是一種相鄰性常規表達。從認知注意力和視角來看，雖然「募」是目的，但「賞募」的語義重心卻是「賞」，人們更在意的是「賞」。因為領了賞，被招募就是順理成章的事情，所以在此「招募」義成了一種隱性表達。在這樣的常規關係下，當「募」單用的時候，依然能表達「賞」的意思。所以在經過與「賞」連用之後，「賞募」先經過縮略，由「募」單用表「懸賞搜捕」，很快又僅表「獎賞」義，即發生詞義的感染。如上所述，由「賞募」（懸賞招募）連用到省去「賞」，由「募」單獨對應「懸賞招募」，再進一步揚棄「招募」單獨對應「賞」義，起主要作用的是人群系統認知意向的偏移。至於《賢愚經‧堅誓師子品第五十四》「是時獵師剝師子皮，持至於家，以奉國王提毗，求索賞募」中的「賞募」有兩種可能：一種是「募」被「賞」同化而同義連文；另一種語義重心偏移在「賞」，「募」只是語詞雙音化過程中的無語義音節。

3. 典　藏

「典藏」最早的用例出現在漢譯佛經中，通過 CBETA 電子佛典檢索顯示共有 179 例，其中絕大部分是「典藏者」、「典藏臣」或「典藏吏」的形式，意為「掌管倉庫的人員或官吏」。傳世中土文獻最早的用例見於唐代《法苑珠林》和《群書治要》等書中，但也是以「典藏臣」的組合出現，共 6 例。自宋以降，用例也不過六七十個。「典」的語義是「掌管、主管」，此語義產生的時間很早，如《書‧堯典》：「命汝典樂。」《論衡‧命祿》：「或時下愚而千金，

頑魯而典城。」《三國志‧吳書十七》：「專典機密」等。漢譯佛經中「典藏」通常只表「收藏」義，「典」的「掌管」語義逐漸弱化消失。如：《賢愚經‧散檀寧品第二十九》：「長者復問其藏監曰：『卿所典藏，穀食多少？更有千人，亦欲設供，足能辦不？』」「典藏」位於代詞「所」之後，用作動詞「收藏」。在動態言語環境下，「典」原有的語義弱化以致消失之後有兩種可能：一是被「藏」同化獲得「藏」義；再是沒有語義，只有構成雙音語詞的語法功能。「典」能單用表「收藏」義，證其確被同化。如《賢愚經‧散檀寧品第二十九》：「其藏監言：『所典穀食，想必足矣，若欲設供，宜可時請。』」現代漢語雙音語詞「典藏」的兩個語素同義並列，其中語素「典」繼承了被同化產生的「藏」義，這顯然有著歷時文化環境積澱的語義信息作為深層底蘊。

人群心理結構認知意向對語義異化有時起著決定性作用。李運富《從成語的「誤解誤用」看漢語詞彙的發展》一文指出：「許多成語產生的新用法並非原有詞義引申的結果，而是屬原詞形的重新造詞，即有意無意地對原詞形作出不同於原詞的理解從而構造出另一個新詞」。所謂「有意無意」，其實就是人群的主觀意向。該文舉出了如下例證。〔註68〕

1. 異解原成語的語素而另出新義

「感同身受」，原指心裏感激就像親身接受過對方的恩惠一樣，多用於代別人向對方致謝。現在多指雖未親身經歷，但感受就同親身經歷過一樣。這兩個意義之間沒有引申關係。其中「感」原來的語素義「感激」被異解為「感覺」，「受」原來的語素義「接受」被異解為「經歷」，整個成語的語義異化而產生新義的動因，或者出於人群的認知侷限，不瞭解古義，或者出於現代認知需求，蓄意舊瓶裝新酒。

「望洋興歎」即仰天長歎，典出《莊子‧秋水》。複音語素「望洋」也作「望陽、望羊」，兩個音節共同對應一個語素義，本不能從字面上去理解，然而不少人不但曲解「望洋」語義，而且循例類推出「望書興歎、望山興歎、望人興歎、望河興歎」等短語。這是人的認知意向起主導作用的語義異化。

「文不加點」是蕭統對禰衡作《鸚鵡賦》的評價：「衡因為賦，筆不停輟，文不加點。」這裡的「點」是塗在原字上的黑點，「加點」即「改動、修改」。

〔註68〕李運富《從成語的「誤解誤用」看漢語詞彙的發展》，《江蘇大學學報》（社會科學版），2013年5月第15卷第3期，第4～7頁。

現在「點」的語義被主觀曲解為「標點」，整個成語「寫文章一氣呵成無須修改」的原義，異化為「寫文章不加標點」。

「不一而足」，原指不是一兩件事就可以滿足，「足」為滿足義。語見《公羊傳·文公九年》：「始有大夫，則何以不氏？許夷狄者，不一而足也。」後來「足」義異化為「很多」，致使整個成語的語義發生改變。

2. 異解原成語的語法關係而另出新義

「不可理喻」即「不可以理喻之」的省略式，指不能用道理使之明白。「喻」具有使動語法功能，使動的對象賓語是「之」。現在解構原有的語法關係，把「理喻」異化為「理解」，是人群的認知意向所主導。

「空穴來風」原來的語義是有了空穴才有風進來，比喻消息或傳說不是沒有原因或根據的。典出宋玉《風賦》：「臣聞於師，枳句來巢，空穴來風。」但是後來常用「空穴來風」表示消息或傳說沒有任何根據，意思完全相反。空間的「空」被異解為空無的「空」，進來的「來」被異解為出來的「來」，條件關係被異解為轉折關係，這顯然是人群認知意向的作用。

3. 異解原成語的語義生成方式而另出新義

「目無全牛」原語義是眼裏沒有完整的牛，意謂庖丁在解牛技術嫺熟時看到的只有牛的筋骨結構，這是技藝高超的表現。典出《莊子·養生主》。但是如果拋棄原語義的生成方式，望文生義則會產生沒有整體把握、沒有整體構思或不顧大局的語義。

「不忍卒讀」原語義指由於文章寫得太悲傷太感人，以致使人無法忍受讀完的感動，實際上是稱讚文章寫得好。現在不顧原語義生成的理據，逆推無法讀完的原因是「文章寫得太差」，這純粹是主觀意念造成的語義異化。

事實上，僅靠動態言語環境和認知信息並不能完全洞察橫向語義產生的奧秘，因為這類新義的產生，必定與特定的時空條件相聯繫，那就必須把問題置於特定時空條件下的生態語言系統中加以考察，研究自然環境、社會環境、文化環境、人群系統的各種因子對語義嬗變究竟起何作用，是什麼原因驅動這種嬗變。

五、語義的泛化與特化

語詞與所在生態環境中的各種因子相互影響相互作用使語義增多，義域變

闊，語用範疇擴大，即為語義泛化。語詞由本義衍生出眾多的引申義是語義泛化，一種語義受其他語義影響產生了與本義無關的新義，同樣是語義泛化；語詞由表專名進而表通名是語義泛化，由方言進入通語同樣是語義泛化。反之，語詞與所在生態環境中的各種因子相互影響相互作用使語義減少，義域變狹，語用範疇縮小，即為語義特化。同一語詞衍生的語義愈多，義域愈廣，運用的時空尺度愈大，佔據的生態位就愈多愈廣，因此，生態位數量的多少與佔據時空廣狹的變化，是衡量語義泛化或特化運動的標準。

由一種語義衍生出多種新的語義，無論是由本義出發鏈式引申、輻式引申，還是混合式引申，可謂司空見慣。文本言語鏈中由於組合關係密切受鄰近語義同化而產生新義，近年來已有不少學者參與討論，唯有在自然物質層次上，因語音的運動變化催動語義分化而產生新義，尚未引起足夠重視。何種語音與何種語義結合本非必然，但音義一旦約定之後，語流音變引起語義的轉變就不再散漫無序而是有規律可循。清代學者認識到這一點，運用因聲求義的方法取得了詞義訓詁的豐碩成果，程瑤田《果贏轉語記》進一步利用音義聯繫深入到同族語詞的研究。語音的運動變化催動語義分化產生新義，這是同族語詞的來源之一，也是語義發展變化的一條重要途徑。張博《漢語同族詞的系統性與驗證方法》（商務印書館 2003 年 7 月版）是迄今研究漢語音轉義衍規律的代表性著作，該書以一章的篇幅討論漢語音轉同族語詞的系統性，揭示了語音轉變與同族語詞之間的必然聯繫及規律。由於該書並不是以探索新義產生機制為目的，重點放在同族語詞語義的「同」而忽略了「同中之異」，殊不知正是這個「異」催動著漢語語義的泛化。

實際上，音轉義衍的目的絕不是要形成一群同義語詞，因為衍生出的一群語詞如果完全同義就喪失了試探進化方向的可能。無論語言系統還是語義系統都是具有自組織能力的開放系統，它在與不同環境因子的相互作用中總是一面與環境協同一面爭取實現最大化的功能目標，因此變異是不可避免的，而變異正是語義泛化的濫觴。下面具體考察張博所舉的兩組聯綿同族語詞。

〔註69〕

〔註69〕張博著《漢語同族詞的系統性與驗證方法》，北京：商務印書館，2003 年 7 月版，第 55～56 頁、第 220～221 頁。

第一組

崔嵬　*tshwəd *ngwəd《楚辭・九章・涉江》「帶長鋏之陸離兮，冠切雲之崔嵬」王逸注：「崔嵬，高貌。」

嵯峨　*dzar *ngar《楚辭・淮南小山〈招隱士〉》「山氣巃嵸兮石嵯峨，谿谷嶄岩兮水曾波」王逸注：「嵯峨，峻蔽日也。」

巑岏　*dzuan *ngwam《廣雅・釋詁四》：「巑岏，高也。」《文選・宋玉〈高唐賦〉》「盤岸巑岏，裖陳磈磈」李善注引王逸《楚辭》注：「巑岏，山銳貌。」

巀嶭　*dziat *ngiat《文選・司馬相如〈上林賦〉》「九嵕巀嶭，南山峩峩」李善注引郭璞曰：「巀嶭，高峻貌也。」

嶻嶫　*dzjap *ngjap《文選・張衡〈西京賦〉》「朝堂承東，溫調延北，西有玉臺，聯以昆德，嵯峨嶻嶫，罔識所則」李周翰注：「言形狀高峻，不能識其法則。」

嶜岑　*tsjiəm *ngjiəm《漢書・揚雄傳上》「玉石嶜岑，眩耀青熒」顏師古注：「嶜岑，高銳貌。」

嶕嶢　*dzjagw *ngiagw《廣雅・釋詁四》：「嶕嶢，高也。」《漢書・揚雄傳下》「泰山之高不嶕嶢，則不能浡滃雲而散歊烝」顏師古注：「嶕嶢，高貌也。」

岝𡵓（岝崿）　*dzak *ngak 三國魏嵇康《琴賦》：「互嶺巉岩，岝崿嶇崟。」《廣韻・鐸韻》：「岝𡵓，山高。」

崪屼（崒兀）　*dzət *ngət《廣韻・沒韻》：「崪屼，山貌。」唐杜甫《自京赴奉先縣詠懷五百字》詩：「群冰從西下，極目高崒兀。」

這九個語詞在語義上的共同點是「山高」，它們在不同的言語環境中，或是聲母或是韻母發生了語流音變，這種音變的相對穩定使它們形成了各自不同的生態形式。為標誌語音變異，文字符號隨之改變。語音的變異為催生新的語義鋪平了道路，在不同的語境中以「山高」為共同點的語義發生了微妙的變化。

《詩經》與《楚辭・九章・涉江》中的「崔嵬」顯然不同，《詩・周南・卷耳》「陟彼崔嵬，我馬虺隤」毛傳：「崔嵬，土山之戴石者。」這裡的「崔嵬」強調的是個性特徵。與此相類，「巀嶭、嶻嶫」表現山的形態不僅「高」，而且「峻」；「嵯峨」不僅「峻」，且「峻」到「蔽日」；「巑岏、嶜岑」側重於山的形態特徵「銳」。「嶕嶢、岝𡵓、崪屼」則是同一個語義的三種不同生態形

式，即同一個語義分別與三種語音形態對應，為標誌語音變異而採用了不同的文字符號。由此可見。「山高」通過語流音變已經分化出「土山戴石」、「峻」、「銳」等三種新義。而具有「峻」義的三個語詞中又分化出「蔽日」義，把山的高度誇張到極點。

第二組

摩娑（摩挲）　　*mar *sar《樂府詩集・橫吹曲辭五・瑯琊王歌》:「一日三摩娑，劇於十五女。」余冠英注:「摩娑，用手撫摸。」

末殺（抹搬）　　*mat *sriat《釋名・釋姿容》:「摩娑，猶末殺也。手上下之言也。」《玉篇》:「抹，抹搬，滅也。」《廣韻・末韻》:「抹，抹搬，摩也。」

摸挱（摸索）　　*mak *sak 明顧起元《客座贅語・方言》:「南都方言……手之捉物曰捫挱、摸挱。」

捫挱　　*mən *suən《玉篇》:「挱，捫挱，猶摸挱也。」

攕揳　　*miat *skiat《集韻・薛韻》:「揳，攕揳，拭滅也。」

抹撒（摩挲）　　māsā 吳祖光《闖江湖》第二幕:「對付這樣的脾氣，不能戧著來，得順著毛抹撒。」

同一個語義分別與六種語音形態對應，由「手上下移動」分化出「撫摸」、「摩」、「拭滅」等新義。

上述兩組語詞中有一部分語詞雖然語音形態發生變異，語義並未改變，這就造成了生態形式不同而語義完全相同的冗餘語詞，這是原始語義通過語音轉變探索進化方向必須付出的代價。聯綿語詞在語義泛化過程中產生了大量同義異音語詞，這些語詞以增加辨義難度來換取催生新義的機會，是典型的生態補償運動。由於音變引起文字符號的紛繁，如「委婉」，清代學者吳玉搢所撰《別雅》收不同的詞形 37 個，許瀚《別雅訂》增列 32 個，其書補遺又列 3 個，則「委婉」的文字符號竟多達 72 個。由同一個語義生態形式泛化的一群語詞，雖文字符號各異而在語流中的音變基本上遵循一定的規律。例如:

A. 彷徨　仿偟　傍偟　傍偟　旁皇　方皇　房皇　方羊　仿佯　彷徉
　　彷洋　方洋

B. 徘徊　俳佪　俳回　徘回　俳徊　俳佪　裴回　裴佪

C. 盤旋　便旋　盤桓　磐桓　般桓　般還　般旋　盤還　畔桓　畔旋

D. 逍遙　消搖　消遙　招搖　招邀　須臾

E. 儴徉　儴佯　襄羊　相羊　相佯　尚羊　徜徉　商羊　常羊

A 組所有的漢字都在上古陽部。其中，「方」為幫紐，「仿」為滂紐，「房、旁、彷、徬」都是並紐。而幫、滂、並都是雙唇音，發音部位相同，語音相通，漢字符號循韻同聲近的線索變寫。聯綿語詞的下字「皇」，按上古十九聲系屬匣紐，為舌根濁塞音，而「羊、佯、徉、洋」都屬定紐，為舌尖中濁塞音，可見 A 組下字的變寫只依韻部一致而不管聲紐發音部位是否接近。

B 組所有的漢字都在上古微部。其中，「俳、徘、裴」都是並紐，為雙唇濁塞音。而「回、佪、徊」都是匣紐，為舌根濁塞音。字形的變寫嚴格地循著韻同聲亦同的原則，嚴整不紊。

C 組所有的漢字都在上古寒部。其中，「般」為幫紐，「盤、磐、便、畔」均為並紐，都是雙唇音，只有發音方法的差異。聯綿語詞的下字「旋」為定紐，是舌尖中濁塞音，「桓、還」屬匣紐，為舌根濁塞音。上字循韻同聲近的原則，而下字聲母雖發音方法相同但發音部位相差太大，故因韻部相同而對聲母要求並不嚴格。

D 組「須臾」上字聲母心紐，下字定紐，屬上古侯部，與其他語音形式保持聲母的基本格局穩定而不計較韻母。其餘語詞都在上古宵部。上字「逍、消」屬心紐，「招」屬端紐，前者為舌尖前清擦音，後者為舌尖中清塞音，發音部位比較接近但發音方法不同，所以字形循韻同而聲母發音部位接近的原則變寫。下字「遙、搖」屬定紐，「邀」屬匣紐，前者為舌尖中濁塞音，後者為舌根濁塞音，發音方法雖同而發音部位相差較大，故下字循韻部相同的原則變寫而不大計較聲母的差異。

E 組字全部都在上古陽部。其中，下字「羊、佯、徉」聲韻皆同，漢字均用同一聲符。上字「襄、儴、儴、相」屬心紐，為舌尖前清擦音。「尚、徜、常」屬定紐，「商」屬端紐，都是舌尖中音，端紐為清塞音，定紐為濁塞音。這些上字聲母發音部位雖近而發音方法各異，故循韻同原則變寫。

以上各組語音形態不同但相互聯繫。A 組與 B 組上字都有共同的唇音聲母並紐，下字都有共同的牙音聲母匣紐，而韻部或為陽部或為微部，表明這兩組的語音聯繫在於聲紐的一致性。A 組與 C 組上字都是唇音聲母，下字都是舌音或牙音聲母，而韻部或屬陽部或屬寒部，表明這兩組語詞聲紐相同或相近是它們共同保持的語音聯繫。A 組與 E 組的所有上下字都屬陽部，下字都有共同的

定紐，而 A 組上字為唇音聲母，E 組上字卻是舌音和齒音聲母，可見語音形態的變化是在韻部相同的前提下，聲母有較大的自由。D 組與 E 組上字都有共同的心紐和端紐，下字都有共同的定紐，而韻部或為宵部、侯部，或為陽部，表明韻部雖不同而聲紐的一致是語音形態相互聯繫的依據。

以「來回走動」一種語義與如此之多的語音形態對應，為不同語境下催生新義提供了廣大空間：

《莊子·天運》：「風起北方，一西一東，在上彷徨，孰噓吸是？」成玄英疏：「彷徨，回轉之貌。」

《莊子·大宗師》：「芒然彷徨乎塵垢之外，逍遙乎無為之業。」成玄英疏：「彷徨、逍遙，皆自得逸豫之名也。」

《莊子·達生》：「野有彷徨，澤有委蛇。」成玄英疏：「其狀如蛇，兩頭，五采。」「彷徨」，蟲名。

班固《白虎通·宗廟》：「念親已沒，棺柩已去，悵然失望，彷徨哀痛。」「彷徨」即「心神不定」。

魯迅《兩地書·致許廣平六四》：「就只怕我一走，玉堂立刻要被攻擊，因此有些彷徨。」「彷徨」即「猶疑不決」。

《荀子·禮論》：「今夫大鳥獸則失亡其羣匹，越月逾時，則必反鉛；過故鄉，則必徘徊焉，鳴號焉，躑躅焉，踟躕焉，然後能去之也。」楊倞注：「徘徊，迴旋飛翔之貌。」

《漢書·高后紀》：「產不知祿已去北軍，入未央宮欲為亂。殿門弗內，徘徊往來。」顏師古注：「徘徊猶仿偟，不進之意也。」

《漢書·杜欽傳》：「仲山父異姓之臣，無親於宣，就封於齊，猶歎息永懷，宿夜徘徊，不忍遠去，況將軍之於主上，主上之與將軍哉！」「徘徊」即「流連、留戀」。

《文選·張衡〈南都賦〉》：「惣萬乘兮徘徊，按平路兮來歸。」李善注：「徘徊即遲遲也。」

《西京雜記》卷三：「屋皆徘徊連屬，重閣修廊，行之移晷不能徧也。」「徘徊」猶「迴環」。

晏殊《浣溪沙》：「無可奈何花落去，似曾相識燕歸來。小園香徑獨徘徊。」「徘徊」，走來走去。

《淮南子·氾論訓》:「夫絃歌鼓舞以為樂,盤旋揖讓以修禮。」「盤旋」即「遵照一定儀禮程序迴旋進退」。

北魏楊炫之《洛陽伽藍記·宣忠寺》:「值榮與上黨王天穆博戲,徽脫榮帽,懽舞盤旋。」「盤旋」即「手舞足蹈」。

唐黃滔《白日上升賦》:「有煙霞兮翁鬱數處,有鸞鳳兮盤旋半空。」「盤旋」即「旋轉」。

唐元稹《夢遊春七十韻》:「過盡萬株桃,盤旋竹林路。」「盤旋」即「迂迴」。

唐韓愈《送李愿歸盤谷序》:「是谷也,宅幽而勢阻,隱者之所盤旋。」「盤旋」即「留戀」。

明方孝孺《采苓子鄭處士墓碣》:「望之,其容熙熙然;即之,其語怡怡然;久與之盤旋,未嘗見其忿言怒色。」「盤旋」即「周旋、交往」。

明馮夢龍《智囊補·雜智·偽跛偽矔》:「又一家門集米袋,忽有矔者,垂腹甚大,盤旋其足而來,坐米袋上。眾所共觀,不知何由。匿米一袋於胯下,復盤旋而去。」「盤旋」即「跛行搖擺的樣子」。

《文選·班固〈幽通賦〉》:「承靈訓其虛徐兮,佇盤桓而且俟。」李善注:「盤桓,不進也。」

《文選·陸機擬〈青青陵上柏〉詩》:「名都一何綺,城闕鬱盤桓。」呂延濟注:「盤桓,廣大貌。」

《後漢書·種岱傳》:「〔岱〕稟命不永,奄然殂殞。若不盤桓難進,等輩皆已公卿矣。」「盤桓」即「滯留」。

晉李密《陳情表》:「今臣亡國賤俘,至微至陋,過蒙拔擢,寵命優渥,豈敢盤桓,有所希冀。」「盤桓」即「猶疑不決的樣子」。

元王實甫《麗春堂》第二折:「端的個路盤桓,山掩映。」「盤桓」即「曲折回繞」。

《醒世恒言·汪大尹火焚寶蓮寺》:「〔汪大尹〕即教令史去喚兩個妓女,誰知都被那和尚們盤桓了一夜,這時正好熟睡。」「盤桓」即「玩弄」。

《楚辭·九章·哀郢》:「去終古之所居兮,今逍遙而來東。」姜亮夫校注:「逍遙即遊之義。」

《楚辭·離騷》：「欲遠集而無所止兮，聊浮游以逍遙。」「逍遙」即「徘徊不進」。

《莊子·逍遙游》：「彷徨乎無為其側，逍遙乎寢臥其下。」成玄英疏：「逍遙，自得之稱。」

《文選·司馬相如〈長門賦〉》：「夫何一佳人兮，步逍遙以自虞。」劉良注：「逍遙，行貌。」

《南史·張充傳》：「時復引軸以自娛，逍遙乎前史。」「逍遙」即「斟酌、玩味」。

《史記·孔子世家》：「靈公與夫人同車，宦者雍渠參乘，出，使孔子為次乘，招搖市過之。」「招搖」即「張揚、炫耀」。

唐韓愈《送李愿歸盤谷序》：「膏吾車兮秣吾馬，從子於盤兮，終吾生以徜徉。」「徜徉」即「安閒自得的樣子」。

無論漢字符號如何書寫，只要語音變異，語詞生態形式就有了區別。生態形式不同的語詞，受環境因子影響其語義固然可能發生變異；生態形式相同的語詞，由於與語境的相互作用不同仍然可能發生變異。語詞生態形式泛化為語義的變異提供了選擇機會，其實質是為語義的泛化開闢新路。

當然不止以上用例，不同語境下產生的新義，由於時空的轉移和社會環境、文化環境以及人群系統心理結構認知意向的變異，有的新義湮滅了，有的至今仍在運用並且繼續分化出新義。語音形態的泛化為語義的泛化提供了試探進化方向的可能性，新義的產生，表面看來，語流音變是語義泛化的直接動因，而實質上是人群系統認知意向借助音變在新的語境中進行的功能選擇。

社會的政治、經濟、文化結構由許多不同的行業組成，每個行業內部使用的語詞，都具有語義單一化、專業化特徵，這無疑是語義特化運動的產物。語義特化源於社會分工的細化，社會分工越細，行業門類專業化程度越高，行業語與特定環境的聯繫就越密切，語義一旦脫離特定環境就喪失了生存價值。換句話說，一個行業消失了，這個行業內部使用的語言式微也就勢所難免。行業語隨著社會環境的變化而消長，社群分化催生行業語，行業語反過來促進了社群的發展。行業語義的特化與泛化在語詞與不同環境因子相互作用的長期歷史進程中不斷發生，盛光希《論職業性專用語的古今流變》一文

認為是「緣於社會發展、意識變化、語言接觸和詞義內部系統自我調整的力量，是社會、意識、職業、語言歷時與共時作用的過程及結果。」〔註70〕馮子薇對科技術語與幾種行業語語義泛化的情況進行了考察，她認為泛化的原因是：〔註71〕

1. 語義系統必須經常不斷地進行自我調節以達到動態平衡；

2. 言語交際總是追求最佳表達效果；

3. 科技術語和行業語是社會政治、經濟、文化發展到一定階段的產物，在專業範圍內具有超地域性，容易被借用而產生非專業的新義，也容易被人們接受；

4. 從現代人的語用心理看，求新求雅講究品位追求時代與文明氣息，是現代人精神文化的追求，也是用語言包裝形象人際交往的需求。

科技術語和行業語語義泛化的途徑主要是依據事物的相關相似性，借助聯想與比喻，衝破單一性、專業性藩籬，逐步為社會大眾所接受。

梁永紅認為行業語語義的泛化經歷三個階段：〔註72〕

1. 修辭上的臨時借用

這一階段，行業語往往只是用於比喻句中，而且一般有完整的辭格模式或有明顯的語境提示。例如：

A. 在其他國家越來越多的民眾眼中，美國不再是理想主義的燈塔，而是危險的存在。（新華社 2004 年新聞稿_003）

B. 他永遠不做任何新嘗試。他是前進之輪的制動器。（《讀者（合訂本）》）

C. 因此東加省成為印尼全國最和平安全的地區，是印尼華人的一個「安全島」，多年來未發生過任何排華騷亂，沒有恐怖襲擊。（新華社 2004 年新聞稿_001）

D. 中國選手尤文慧王露排在第十四位，基本登上了駛向雅典奧運會的「班車」。（新華社 2004 年新聞稿_001）

〔註70〕盛光希《論職業性專用語的古今流變》，《學術論壇》，2006 年第 9 期，第 197 頁。

〔註71〕馮子薇《科技術語和行業語詞義的泛化》，《南京師大學報》（社會科學版），1999 年 7 月第 4 期，第 109～111 頁。

〔註72〕梁永紅《交通運輸類行業語泛化分析》，《通化師範學院學報》（人文社會科學），2015 年第 1 期，第 38～40 頁。

除以上「燈塔、制動器、安全島、班車」外，屬這一階段的還有「斑馬線、專列、泊位、普快、安全帶、路線圖、列車、直通車、路標、路障、立交橋、運輸車、乘客、專車、快車、慢車」等行業語詞。

2. 已運用於其他領域，但還沒有穩定

這一階段，行業語已較為頻繁地運用於其他領域，明確的辭格模式已經消失。例如：

A. 近年來，津巴布韋與西方國家因在實施的「快車道」土改計劃問題上產生嚴重分歧而交惡。（新華社 2004 年新聞稿_001）

B. 於是公開縱容支持土焦生產，在環保法上「闖紅燈」。（《人民日報》1995 年 10 月份）

C. 煙臺市堅持以高新技術領航，以「高」帶大，以「高」促外，用現代科學技術武裝鄉鎮企業。（1994 年《人民日報》第 2 季度）

除以上「快車道、闖紅燈、領航」外，屬這一階段的還有「班次、導航、航標、跑道、迷航、主航道、罰單、起航、順風車、直航、堵車、亮紅燈、遠航、護航、標配」等行業語詞。

3. 形成穩定的新義

屬這一階段的有「剎車、頭班車、末班車、火車頭、擱淺、航向、開快車、開綠燈、翻車、軟著陸、硬著陸、撞車、拋錨、落差、開倒車、十字路口」等行業語詞。例如：

A. 11 月 IPO 緊急剎車為近 3 年半來首次。（《信息時報》2012-11-29）

B. 趕搭重大投資者簽證頭班車。（搜狐網 2012-11-29）

科技術語與行業語在不增加詞彙總量的前提下，為語義系統增添了新的成份，擴展了超越專業範疇的生態位，揭示了語義系統自身的自組織能力及其與外生態環境的相互作用相互協同，是語義泛化的根本動因。其實質是語義系統為維持系統的新陳代謝動態平衡，提升自身吸收環境能量信息的水平，爭取功能目標最大化而進行的生態運動。

只能在特定環境下運用的語詞，特化程度高，例如鬍鬚按生長的部位不同分別稱為「髯、髭、鬚」；殷墟卜辭專指星宿的天文語詞「火、小火、鳥、畢」；古代禮儀語詞「晉謁、鈞鑒、頓首、謹啟、敬奉」等，只能出現於特定時代的

特定環境或用於特定語體。語詞義域縮小，意味著使用的環境變狹，特化程度升高，例如「宮」是房屋的通稱，後專指宮殿或廟宇等高大華麗的建築物。「營業」原指經營生計，現專指商業、服務業、交通運輸業等經營業務，成為商業用語。「金」原是金屬的統稱，現指「黃金」。「膏藥」古代指既可內服又可外用的膏狀藥物，現僅指外用藥膏。古為通用語，現在義域縮小後特化為專用行業語的如「保險、經濟、專利」等。〔註73〕有的語詞古今都是通用語，由於義域縮小而特化，例如「禽」，古代是動物的統稱，現在僅指鳥類；「湯」，古代指一切熱水，現在指食物煮後所得的汁水或摻有其他食物的汁水。

在語流中發生特化的語義並非都能保持穩定，例如：〔註74〕

A. 姑娘多大啦，有朋友沒有？

B. 這盤棋算你贏了，明天咱們再算賬。

C. 他說的話裏有很大水分。

A 句是《現代漢語詞典》第 6 版第 982 頁第 2 義項的例句，「朋友」「指戀愛的對象」；B 句是《現代漢語詞典》第 6 版第 1244 頁第 2 義項的例句，「算賬」即「吃虧或失敗後和人爭執較量」；C 句裏的「水分」，比喻某一情況中夾雜的不真實的成份。A 句是個歧義句，「朋友」並不受年齡限制，因此理解為「有交情的人」並不違反語義邏輯。如果特指「戀愛對象」，必須要有一定的文化背景。B 句同樣有歧義，「算帳」既可理解為「和人爭執較量」，也可理解為清算下棋的輸贏賭注。C 句的「水分」只是隨機比喻，是一種試探性特化。

劉香君《略論複合詞詞義單純化的認知生成機制》一文指出：雙音節聯合式複合語詞由兩個語素義相近、相類、或相對、相反的詞根構成，兩個詞根的語法地位相同。例如：「國家、骨肉、買賣、安危」等。現代漢語中這些語詞的語義已不再是一個語素義與另一個語素義的簡單疊加，在長期的歷史演變過程中與環境相互作用發生了不同程度的變化，進而引起整個語詞的語義變異。〔註75〕

〔註73〕盛光希《論職業性專用語的古今流變》，《學術論壇》，2006 年第 9 期，199～201 頁。
〔註74〕謝文芳、程敏、孫曉璐《淺議「漢語專化」現象》，《湖北科技學院學報》，2016 年 8 月第 36 卷第 8 期，第 59～60 頁。
〔註75〕劉香君《略論複合詞詞義單純化的認知生成機制》，《廣西民族大學學報》（哲學社會科學版），2017 年 7 月第 39 卷第 4 期，第 179～181 頁。

1. 複合語詞語義泛化

A. 義域擴大

語義泛化的明顯標誌是義域擴大。「買賣」本是由兩個單音節動詞組成的並列短語，「買」表示「拿錢換東西」，「賣」表示「拿東西換錢」，現在「買賣」不僅包括「拿錢換東西」和「拿東西換錢」兩種情況，而是泛指一切生意，義域擴大了。「始終」本是由兩個單音節名詞組成的並列短語，「始」表示「最初，與『終』相對」，「終」表示「最後，與『始』相對」。「始」和「終」分別表示最初和最末的兩個點，但「始終」現在表示「從開始到最後的整個過程」，從部分轉變為整體，義域擴大了。類似的語詞如「呼吸、上下、開關、兄弟、面目、眉目」等等。

B. 語義轉移

脫離原來的語義獲得新義是語義異化的結果，異化產生的新義若比原義明顯能在更多的語境出現，語義的涵蓋面明顯大於原義，這是語義泛化，因為新義雖然放棄了原有的生態位，卻佔有更多的生態位。「聰明」本是由兩個單音節形容詞組成的並列短語，「聰」表示「聽覺靈敏」；「明」表示「眼力好」。現代漢語「聰明」不再表示「耳聰目明」，而是表示人的「智力發達，記憶和理解能力強」，語義的涵蓋面明顯超越耳目的初級感受。這種情況習慣上稱為語義轉移，其實質是爭取更大生存空間的語義泛化運動。又如「領袖」是由單音節類義名詞「領」和「袖」組成的並列短語。「領」指脖子，「袖」指袖子，通過隱喻凝固、抽象為一個具有新義的複合語詞，專指「國家、政治團體、群眾組織等的最高領導人」。現代漢語「領袖」已脫離並超越原義，佔有了更為廣闊的生態位。「骨肉」也是由兩個單音節類義名詞組成的並列短語，「骨」指「骨頭」，「肉」指「人和動物體內接近皮的部分的柔韌的物質」，通過隱喻凝固、抽象為專指「父母兄弟子女等親人」或者「比喻緊密相連，不可分割的關係」。其語義涵蓋面明顯大於原義。類似的語詞如「規矩、尺寸、歲月、反正、橫豎、方圓」等等。

2. 複合語詞語義特化

語義特化的明顯標誌是義域縮小。義域縮小的主要原因是人群系統心理結構認知意向的誘導。

A. 語素義強弱消長

本是兩個語義相對或相反的單音節語詞並列組成的短語，長期連用逐漸凝固為由兩個語素構成的雙音節語詞。語用過程中由於人群認知意向的偏頗，導致其中一個語素義消失，義域縮小。短語「安危」原義是「安全和危險」，凝固為語詞之後，在語流中常凸顯「危險」義，如「為了保護國家財產，消防隊員們置個人安危於不顧」，「安全」義被忽略，導致「安危」的義域縮小。短語「捨得」原義為「捨去與得到」，凝固為語詞後，語用過程中人群認知意向偏重「捨去」義，如「把一切獻給祖國，連生命都捨得」，致使「得到」義消失，「捨得」義域縮小。類似的語詞如「輕重、舒服、好歹、利害、甘苦、質量、緊張、睡覺、取締、動靜、褒貶、死活」等等。

B、語素義雙指變單指

本是兩個語義相近或相類的單音節語詞並列組成的短語，長期連用逐漸凝固為由兩個語素構成的雙音節語詞。語用過程中由於人群認知意向偏重其中一個語素義，另一個消失，導致義域縮小。短語「窗戶」原義為「窗與戶」，而在凝固為語詞後，語流中由於人群認知意向的偏頗，語素義「戶」逐漸消亡，「窗戶」義域縮小為「窗」。短語「妻子」原義為「妻與兒女」，凝固為語詞後，由於長期偏重於「妻」，「子」義弱化以至於消亡，「妻子」義域縮小為「妻」。類似的語詞如「油水、燈火、市井、國家、人物、手臂、衣裳、狐狸」等等。

語義的同化、異化、泛化、特化在不同的語言系統之間經常發生，通常一個語言系統吸收其他語言系統的語言成份都會按自己的格局加以調整改造。外來的語言成份變成了本系統的語言成份，外來成份被同化了；但外來成份經過調整改造，與原來的語義不同了，這就是異化。新疆漢語吸收維吾爾族語詞時，在語音、構詞法、語義這三個方面都有程度不同的改造。范祖奎、趙江民《新疆漢話中維吾爾語借詞的漢化現象》一文提供了語義變化的例證。〔註76〕

維吾爾語詞被漢語吸收，語義所反映的客觀事物、對象範圍比原來擴大。例如：維吾爾語 jegen「洋岡子」，原義為「嫂子、嬸子」，進入新疆漢話後，泛

〔註76〕范祖奎、趙江民《新疆漢話中維吾爾語借詞的漢化現象》，《語言與翻譯》（漢文），
　　　2008 年第 1 期，第 36 頁。

指已婚婦女。若加上人稱代詞，則指「某人的妻子」。如：

A. 這達的維族洋岡子漂亮得很。（指已婚婦女）

B. 你的洋岡子（在）什麼地方工作呢？（指妻子）

維族語詞「洋岡子」被同化為漢族語詞，由本義「嫂子、嬸子」變為「已婚婦女」，是語義的異化，由於義域擴大為上位義，也是語義的泛化。在前加人稱代詞的特定語境中專指「某人的妻子」，則是語義的特化。無論泛化還是特化，都使「洋岡子」在漢語裏能站住腳跟。

維吾爾語詞adaʃ「阿達西」，有「朋友、夥計」「情人、情婦」兩種語義，但同化為新疆漢語後只表示「朋友、夥計」：

A. 阿達西，我們看電影走。

B. 阿達西，下班了嗎？

這相對於原義是語義的異化，而義域縮小則是語義的特化。

維族語詞被漢語同化之後，還會由其原有語義發展出新義。bikar（白卡兒），原義為「白白地、徒勞的」，進入新疆漢語後，在保持原義的基礎上又發展出「無緣無故」、「無能力、沒本事的人」等語義，明顯泛化。如：

A. 你好好不學習，還想當法官，白卡兒的事情。（白白地、徒勞的）

B. 你做得對，他不會白卡爾罵你。（無緣無故）

C. 你真是個白卡爾，這點事情也辦不了。（無能力、沒本事的人）

有的維族語詞被漢語同化之後，原義消失產生新義。如taʃlan（踢失郎），原義為「被拋棄」，進入新疆漢語後，語義變為「壞了、死了、完蛋了」，顯然徹底異化。如：

A. 完了，這個手機踢失郎了。

B. 這次考試又踢失郎了。

「踢失郎」被漢語同化雖然丟失了原義，但異化產生的新義使維族語詞在漢語裏獲得生存空間。

方言語詞進入普通話，語義在新的環境中要麼異化，要麼被同化。如果義域比原來擴大，是為泛化，義域縮小，則是特化。生存競爭的結果，同化、異化、泛化、特化都有可能發生。余小莉《「恨嫁」：從粵方言到普通話的詞義滲透》一文指出：近年來高校女生數量持續走高以及越來越多的女性在職場上

發揮重要作用，她們對人生伴侶的要求也相對提高，導致大批單身女性出現。從女性心理來講，她們迫切希望找到可以依賴的人生伴侶，而粵語詞「恨嫁」貼切地表達了她們的思想和心理。因此，無論在網絡上還是在社會生活中，越來越多的女性開始使用「恨嫁」這一語詞。廣東及香港地區強勢的經濟背景讓越來越多的人關注這一地區的政治經濟狀態及文化生活。隨著社會經濟的發展，這一地區的語言文化通過電視、電腦、報紙等現代傳媒迅速擴散，有力地推進了粵語的傳播。「恨嫁」的「恨」在粵語中語義為「想；盼望；巴不得」，例如：〔註77〕

A. 恨佢快啲走。（巴不得他快點走）

B. 恨咗好耐嘞。（盼了很久了）

「恨嫁」粵語意為非常想嫁人，例如香港歌手鍾欣桐（阿嬌）說：「我唔答呢啲問題，你哋又話我恨嫁，依家事業第一，唔諗拍拖住，將來會唔會公開就到時先算。」（《東方日報》2010.10.14「阿嬌不排除戀莊冬昕」）「恨嫁」在粵語中適用於所有女性，條件優越的可用，條件不好的也能用。進入普通話之後，運用的範圍擴大：不止女性，男性亦可用；不止人，事物也可用。例如：

A. 一恨嫁男同事（豆瓣小組 2010.8.7）

B. 福汽恨嫁，一個車企的欲望與妥協（中國經濟和信息化 2013.10）

雖然運用範圍擴大，但義域縮小，主要用在那些收入較高或自身條件較好的對象身上。如：

A. 恨嫁不盲嫁，我們是 80 後「剩鬥士」（新浪女性 2013.12.25）

B. 柳岩自爆「恨嫁很多年」（晶報 2012.8.16）

普通話有現成的同義語詞「盼嫁」與之競爭，但是「恨嫁」比「盼嫁」程度更強烈，再加上適用對象聚焦到特殊群體，義域收縮，佔據了獨特的生態位，因此，粵語詞「恨嫁」的語義特化，為自己在普通話中爭取到生存的一席之地。

可見語義的泛化與特化不僅是語義系統自身的生態運動，而且是語義與自在環境的社會結構以及自為環境即人群系統的心理結構相互作用相互協同的

〔註77〕余小莉《「恨嫁」：從粵方言到普通話的詞義滲透》，《西昌學院學報》（社會科學版），2015 年 3 月第 27 卷第 1 期，第 57～58 頁。

生態運動。從本質上說，語義的泛化與特化都是受功能目的驅動，與不同層次的環境因子相互作用相互協同，尋求語義表達最佳狀態的生態運動。泛化的結果使義類增多義域擴大，佔據了廣闊的生態位，增強了語義在不同環境中的生存能力；特化的結果使義類減少義域變狹，語義與特定環境的融合度增強。這樣一方面強化了語義在特殊環境中的生存能力，另一方面卻限制了語義的多維發展，由於與特定環境條件相互依存而限制了自身的生存空間，生態位相對狹窄。一旦環境突變或消失，特化的語義就可能消亡。